SHODENSHA
SHINSHO

老いも死も、初めてだから面白い

下重暁子

JN107899

祥伝社新書

本書は、２０１５年に海竜社より刊行された単行本を
加筆・修正のうえ、新書化したものです。

新書版はじめに

あっという間に新型コロナウイルスが世界を席捲《せっけん》した。日本もいまだ大都市圏は緊急事態宣言が解除されたとはいえ、感染拡大の第二波・第三波におびえる日々が続いている。こんな事態になるとは、想定外であった。

しかしよく考えてみると、いつ何が起きてもおかしくはない。私たちが生きているのは、砂上の楼閣である。世界第三位の経済大国だとか、国民の生活水準が恵まれているとか、それがどうした、なんぼのもんじゃ。

目に見えぬウイルスが入り込んだだけで、今までの生活は一変し、人は切り離され、商店は休業し、「ステイホーム」。外へ出るのもままならない。これが砂上の楼閣でなくて何だろう。

私たちは自分たちが築きあげた文明なるものを信じて生きてきた。それがいとも簡単に崩れ去ろうとは。

大学時代、「砂城」という名の同人誌に入っていた。名付けたのは芥川賞作家の同級生、黒田夏子《くろだなつこ》である。彼女には将来を見通す作家の目があったという事だろう。

長く生きていると様々な事に出《で》くわす。その最たるものは敗戦。小学校の三年で、現実を目《ま》のあたりにし、その後の高度経済成長で力をつけたとはいえ、そんなものは何かあったらいっぺんに崩落する、この豊かさとやらは嘘の上に成り立っているとどこかで思ってきた。

その意味で私たちの世代は、底辺にアナーキーな所がある。だからこそ目の前に現われた現実を、自分なりに咀嚼《そしやく》するためには、愉《たの》しむしかない事も知っている。

今、突然目の前に現われたコロナ禍《か》を生きのびるには、この時期だからこそ出来る事をして自分を培《つちか》っておかねばならない。

他人と接触せず切り離された状態だからこそ、自分の中に沈潜《ちんせん》して、自分ととことんつきあってみる。日頃はあまりに外界が騒《さわ》がしく、それに巻き込まれて右往左往しているが、今こそ独《ひと》りになって自分自身とつきあってみる。

私たちは、もっとも近しい存在について知らなさすぎる。まず自分が何者なのか、そして次に傍《そば》にいるはずの家族……それを知るための時間が与えられたのだ。

日頃目をそむけ、あるいはよく知っていると思い込んでいた自分自身に冷静に目を向けてみよう。

老いや死はこの先、誰にでもやって来る。私だとて例外ではない。それどころか、いつやって来てもおかしくはない年齢ではある。

しかし、コロナが、私たちが初めて経験した厄災であるように、老いも死も物陰《ものかげ》に隠れていつ襲《おそ》いかかろうかと身構えているのだ。出ておいで！　老いも死も避けられないなら、初体験として面白がってみようではないか。

この本が今の時期に、新書版として出版される事の意味を考えている。

二〇二〇年六月、日に日に濃さを増す緑の中で。

下重暁子《しもじゅうあきこ》

目次

第1章 不運に溺《おぼ》れない。不運を面白がる。

第2章

いつも心を遊ばせて、心にゆとりを持って。

第3章

余計なことを、沢山してきてよかった。

第4章

自由に働くためには、ごほうびが欠かせない。

第5章

老いも死も、初めてだから面白い。

本文デザイン　盛川和洋
JASRAC 出 2004552-001

第1章

不運に溺《おぼ》れない。不運を面白がる。

人には、持って生まれた運命がある。それを自分がどう受け止め、どう扱うかによって運命は変わってくる。

体が子供の頃弱かったからといって、病弱で早死にとは限らない。逆に子供の時から病気知らずという健康な人の方が、ぽっくり死んでしまったりする。

幸、不幸はあざなえる縄のごとし、幸福の絶頂にあっても有頂天になってはいけないし、不幸な出来事に遭《あ》ったからといって必要以上に落胆することはない。長い間生きてくると、そういう体験をいくつもしているから、不幸をやり過ごす知恵や工夫が出来てくる。

幸も不幸も不思議なことに、重なってやってくる。

平均していればいいものを、一度に襲いかかるから、目を白黒させ、時節を待つしか方法がない。じたばたすると蟻地獄にひきこまれるだけなのだ。

私にもそんな時があった。三十三歳、NHKをやめて民放のキャスターになった。仕事はうまくいかず、十年来の恋を失い、ダメかと思った。

ふと気付くと、そんな時でも、私は明日の事を考えている。ということは期待があるということ。

自分への期待があるうちは生きられる。

その後も悪い事が重なる時期があった。一週に一度三回続けて交通事故に遭った。雪の日タクシーがバスに衝突、私を乗せた友人の車がトラックに追突、次の週追突されて鞭打《むちう》ちに。奇跡的に軽傷で、一日も仕事を休まなかった。

私の場合、いつも仕事が救ってくれた。やらざるを得ない事があったからよかったのだ。

マイナスをプラスにして、落ち着いて受け止める処世術を身につけたのだ。

落ち込んでも、自分に失望はしない

ひとりベッドで横たわっていた小学校時代

私にとっての最初の試練は、小学校二、三年の二年間だった。結核の検査で陽性反応が出た。

初期の結核、肺門リンパ腺炎と診断され、学校へは行けなくなった。当時はまだ良い薬がなく、安静にして栄養を摂《と》って寝ているしかなかった。同じ年頃の友達と遊ぶことも出来ず、家の中で一部屋与えられて寝起きすることが多かった。療養所に入るほどではなかったらしい。

軍人だった父の勤めの関係で当時大阪にいたが、空襲警報が鳴りひびく昭和十九年、私の病気のこともあって、父を残して母と兄と私は奈良県の信貴《しぎ》山頂の三楽荘《さんらくそう》（現・信貴山観光ホテル）の離れに疎開することになった。

地元の小学校に籍は移したが、一日行ったきりで男の子に蛇を持って追いかけられ、二度と行かなかった。芝生の庭に面した部屋のベッド（ピンポン台にふとんを敷いただけのもの）に寝て、朝、昼、三時、夜と熱型表をつける日々、本来なら友達とはしゃいで遊びまわる年頃なのに、ひとりでベッドに横たわり、天井を見つめていた。

板張りの天井は、よく見ると様々な模様があり、龍やきりんや架空の動物に見えたり、細い襞《ひだ》が波やアメーバのようで、寝ている私の上に迫ってきた。深夜、おびえて何度飛び起きたろう。

目をつむっても、胃壁のような無数の襞が押し寄せて次の瞬間、白鷺《しらさぎ》のような首長の鳥の姿に変わり、思わず声を発する。私は完全に病《や》める子供であった。

そんな環境の中でも、失望はしていなかった。最初のうちこそじっと我慢の子であったが、そのうちに身のまわりに楽しいことを見つけようとしていた。

兄は学校、母も出かけて、一人取り残された昼下がりほど自由な時間はなかった。そろそろとベッドを降りて隣室にある父の書棚に向かう。絵描き志望だった父の〝みづゑ〟等の美術雑誌や泰西《たいせい》の名画の画集、江戸の浮世絵も積み重ねられていたし、本は少年少女文学全集をはじめ大人向けの小説本の数々、それを一冊ずつ取り出してはながめていた。理解出来たとはとても思えないが、活字を忠実に追っていくと急に大人びた気がした。

印象に残っているのは小川未明《おがわみめい》の『牛女』、宮沢賢治《みやざわけんじ》の『注文の多い料理店』『貝の火』など。死んでも残した子供を心配して影《かげ》のごとく現われる牛女、『注文の多い料理店』の山猫、『貝の火』のホモイという兎《うさぎ》たちと遊んで退屈することがなかった。太宰治《だざいおさむ》や芥川龍之介《あくたがわりゅうのすけ》なども読んだというよりながめていた。

母に見つかると取り上げられるので、ピンポン台の下やふとんの中に慌てて隠すこともあった。

病んでいたおかげで今の自分がある

一人でいる事を淋しいと感じた事はない。見舞いの客が来る方が面倒だった。喋《しゃべ》らねばならず、放っておかれた方が楽だった。

一日置きに向かいの陸軍病院（柿本屋という旅館を借り上げていた）から医者と助手がや

って来て私を診察し、熱型表を見て微熱の下がらぬ事に顔をくもらせ、いつも同じ「ヤトコニン」という静脈注射をしていくのもいやだった。肋膜《ろくまく》らしいので、背中から針をさして水を抜くという医者と母との会話を耳にし、どんな事があっても阻止しようと身構えた。微熱はあっても、痛くもかゆくもない、この甘やかな時間を奪われてなるものかと思っていた。

私が今も以前のような速度で読書が出来、物を書く事が出来るすべての原点は、この頃にある。

はた目には可哀そうだったかもしれないが、私は恵まれていて十分幸せだった。

もし健全に育っていたら、妄想を描く楽しみも、想像をたくましくする力も身につかなかったにちがいない。

敗戦後、学校にもどってからも体育はすべて見学。泳ぎも自転車にも乗れないが、病んだ子供にしか経験出来ない現象や、自分自身へのつきせぬ興味が私を創ってくれたのだと思うと、病《やまい》に感謝だ。

悪い事ばかりではない。じっと潜んでいるので、諦観や忍耐力も出来た。

落ちこむ事はあっても、自分に落胆はしていない。〝なるようになるさ〟と待つことも出来る。

しかし、辛《つら》さはあったらしく、「二度とああはなりたくない」という思いから、体には気をつけて無理はしない。

自分の体に耳を傾けて、敏感にその声を聞き取って早目に対処する。そのためか、成長してからは大病はしないし、一度も病気で仕事を休んでいない。激しかった食物の好き嫌いもほとんどなくなった。

悲愴感の中にある快感

骨折をして触れた人の優しさ

比較的最近の出来事では、三年連続、年一回ずつの骨折がある。

子供時代、運動をしていないわりには、私は体が柔《やわ》らかい。近くの会員制のジムでも、ストレッチをやっていると、知人が近づいて言う。

「気持ちわるい！　柔らかくてゴム人形みたい」

開脚して、上半身をぺたりとつけるなど朝飯前。毎日五分は続けているので、今も全く変わらない。

四十八歳から本格的に始めたクラシックバレエも役立っている。もともと音楽に合わせて踊るのは好きだったが、近くの教室から始めて、松山バレエ団の教室には十年通った。

その間、五反田《ごたんだ》ゆうぽうとの舞台にも毎年出たし、トウシューズも履《は》いた。「美しき青きドナウ」や「眠りの森の美女」の衣裳をつけ、つけ睫毛《まつげ》パッチリの写真を見て、「あら、お嬢さん？」と聞かれた事もある。踊っている時は確かに少女だった。音楽は大好きで、オペラ歌手に憧れたくらいだから、西洋音楽にはすぐ乗れる。バレエはまず音楽だから、舞台に出る時は得意になって友人たちを招待した。上機嫌であった。

六十歳で毎回二時間のレッスンはしんどくなり、一八〇度ちがう日本ものの地唄舞《じうたまい》に挑戦し始めたが、骨折するとは夢にも思わなかった。

一度目が3・11のあった年、まだJKA（旧・日本自転車振興会）の会長を務めていた時だった。公用車がつき、会議と仕事つづきの会食で歩くことが少なくなっていたのが原因だろう。

伊豆《いず》の修善寺《しゅぜんじ》にある競輪学校の卒業式に出て、宿に泊まり、その足で東京駅から軽井沢《かるいざわ》へ向かった。疲労がたまっていて、やっとほっと出来る。軽井沢の山荘にもほとんど行っていなかった。

駅に着き、可愛い女医さんのいる馴染《なじ》みのクリニックで薬をもらうため立ち寄った。

午後四時を過ぎ、急速に闇《やみ》が訪れていた。つれあいの車から薄暗がりに降り立ったと思ったら倒れていた。丸い石があるのに気付かず、仕事ではいていたハイヒールでその上に乗ったからたまらない。起き上がることが出来ず、右足首がぶらぶらする。その痛さといったら……。

「あら……、痛そう！」女医先生も言葉が続かない。軽井沢病院は五時で終わりなので、追分《おいわけ》のリハビリテーション専門のクリニックを紹介された。レントゲンを撮ると気持ちいいほどスパッと一直線に折れていた。添え木をして応急手当をし、松葉杖の練習をしたが、肩が痛んでうまくいかず断念、杖をつき片足で支えながら東京に帰り、マンション隣の日赤医療センターへ行ってギブスで固めてもらった。

三人の親切な中学生が助けてくれた

さて次の日からの仕事をどうするか、ＪＫＡへは車椅子で出勤。運悪く地方での講演もあり、小松《こまつ》空港までは車椅子。こんな時の対応は、新幹線も飛行機も十分出来ている。他の客に優先し、いたれりつくせり。

係員は優しく親切で、ずっとそのままでいたい位だった。回復後乗り物に乗るたびに、「あの時は快適だった」となつかしくさえ思った。

無事新幹線で那須《なす》と、飛行機で小松の仕事を終え、何一つ当初の予定を変えることなく過ごせた。

多少の悲愴感に支えられながらの快感が私は好きである。痛みはあるがギブスで固められているので足さえ上げていれば眠れる。それを話題にして講演もスムーズに出来た。マゾッ気があるのだろうか。

一ケ月でギブスがとれ、きれいに折れたのでぴったりくっつき、杖を少しの間ついたが、間もなくもとどおりになった。

前年の骨折も忘れかけた翌年の秋の暮、打ち合わせを終えて、広尾《ひろお》の駅からマンションへの坂を上って、平地になろうかというあたりで転《ころ》んだ。左足首をねじったようだ。底全体が数センチ高くなっている靴をはいていて、地面の感触が摑《つか》めなかったからだ。ふんわり宙に浮いたように倒れた。夕方なのでやはり足元が見えにくかった。

「大丈夫ですか?」

バラバラと三人の中学生らしい制服の男の子が駆け寄って、私を助け起こし、手をとってマンションの入口まで連れていってくれた。嬉しかった。近くの高陵《こうりょう》中学の生徒だろうか。部活を終えて地下鉄の駅に向かっていたのだろう。

痛みも忘れて礼を言い、我が家にもどると左足首が象の足のようにふくらんで、氷と冷水で必死に冷《ひ》やした。

翌日また、日赤に行くとこの前と同じ先生が、「今度は捻挫《ねんざ》です。よかったですね」と言って処置してくれた。

ところが一ケ月経ってもハレが引かず痛みもある。捻挫の方がたいへんだと聞いた事があるが。

その後、近くの整形外科へ行ったら、「小さな骨が折れてますよ」日が経っていたがしばらく通ううちに自然治癒《ちゆ》。たまの鈍痛だけが残った。

リハビリでできた若い友人

軽井沢にて三回目の骨折

一回目は、右足首、二回目は左足首、そして三回目は……。二度あることは三度あると言うから気をつけていたが、次の年の初夏、軽井沢の新緑を愛《め》でながら、いい気分で散歩に出た。天気もいいので林道を上の方へ行ってみよう。近くにある友人の家は、雨戸が閉まったまま、ゴールデンウィークも過ぎて人の気配はない。

背後から林道を上ってくる爆音にふり向くと二台のオートバイだった。ヘルメットをつけた若者が乗っている。こんな静かな昼間、鳥の声しかしない静寂を破って……と腹を立てながらやり過ごした。

今日はやめよう。もう散歩を続ける気がしない。方向転換して下り始めると、再び後ろから爆音が襲ってきた。道は行き止まりだから引き返したと見える。

山側によけたとたんに、砂利道をすべったのと二台の単車が通り過ぎるのが同時だった。「危ない！」とっさに左手をついた。

「ボキッ」と無気味な音がした。左手首が異様な形にねじれていた。

右手で元にもどるかと触れてみると急に痛みが襲ってきた。足首の時とはちがう「カーン」と頭に響《ひび》く痛さだ。

ともかく家にもどろう。少ししか上っていなかったので、間もなく薄緑の山荘の屋根が見えてきた。つれあいが庭仕事をしている筈だ。右手で左手がぶら下がらぬように支えて軽井沢病院の救急へ行こう。咄嗟《とっさ》に何が起きたのか、わからなかったが、手首が折れた事は間違いない。

「またやっちゃった！」

と言うとつれあいは驚くよりあきれている。急におかしくなって笑い出しそうだった。

これで一年一回、三回目、足首は右・左、次は、左手首。右手でなくてよかった。右手なら字を書く仕事も、日常の事さえ出来ない。

こうい う時、私は冷静になる。頭が冴《さ》えて何をすべきかが見えてくる。泣いたり、愚痴《ぐち》は言わない。まず氷ではれを冷やし、つれあいに病院に運んでもらう。待ち時間は長く感じる。蜂にさされた時と、今度で二度目。レントゲンをとると見事に折れていた。しかも二本。掌《てのひら》を支えるつけ根の右も左も折れたらしい。

ギブスで掌のつけ根から腕にかけて固め、ともかく東京にもどった。その途中も、むやみにおかしかった。こんな事ってある? 私の不注意もあるが、三回続けて……。今回はオートバイをよけるための事故に近いが、手首で支えたおかげで体は何ともない。

「これは事故だから警察に届けた方がいい。車の番号や色、人相を憶えてますか。現場を見ていた人は?」と医者に言われても人影などあるはずもなく、森の熊や猪、狐や狸、鳥たちが証人になってくれるだろうか。

若い療法士の言葉に賭《か》けてみた

東京の病院で事情を話すと、日赤では、手は面倒だから手術をした方がいいと言う。仕事もつまっており馴染みの整形外科で手術はいやだと言うと、ともかくしばらく通ってくれと言う。その時点で私はたかをくっていた。足首はほぼ一ケ月でギブスがとれたし、リハビリも必要なかった。

何度かレントゲンをとり、ギブスをやりかえ、二ケ月後やっととれたが、指先は動くもののその他は硬直している。首から三角巾で腕を吊《つ》り、洗髪も、着がえも一人では難しく、リハビリは相当かかるという。こんなに手が厄介だとは思いがけなかった。

夏が近づき、軽井沢へ移動したのを機に、右足首の骨折の時に行った追分のリハビリ専門のクリニックに通うことに。

担当の療法士は、レントゲンを見て「治るかもしれません」と言う。「本人の治るという意志と、私の治すという意志があれば」と言う。

「方々で色々な事を言われたでしょう？　整形外科くらい、ちがう意見が多い所はないんです。私のもその一つですが……」その正直な言葉に、賭けてみようと思った。医者や療法士を選ぶのも自分自身なのだ。

最初に行ったのが八月二日、私は夏場だけ毎日のように通えばすむと勝手に考えていたが、結局、東京にもどっても、ひまを作っては、軽井沢へ。クリニックへ来ている研修生たちは可愛く、私の手を自在に扱う療法士を見て、「まるで魔法みたいだ」と言った。リハビリが辛いだの苦しいだのは、一度もなく、治療中、様々な話をするのが楽しく、私の心にひびく言葉がかえってきた。彼が自分の頭で物を考える人だとわかって嬉しかった。

輪ゴムやボールあるいは指を動かして一人で出来る宿題をまじめにこなし、大分《だいぶ》動くようになった頃聞いてみた。

「ほんとうに治るかしら？」「フィフティフィフティですね」「治ると言ったくせに、コンチキショー、必ず治ってみせる！」と持ち前の意地を張り、せっせと努力する。

一年ほど経った時、ごく自然に左手が使えるようになった事に気付いた。見た目もほとんど変わらない。寒いと少し痛み、手首を動かすと、音がするが支障はない。感謝である。骨折のおかげで若い友人を得ることも出来た。

出来ないことは、人が助けてくれる

左手が使えないなんて言っていられない

肩から左手を吊っていると、疲れる。外すとほっとするのだが、ギブスの手を胸の前に固定しておくには、いたしかたない。

足ではないので、車椅子というわけにはいかない。自分の足で歩いて、右手で荷物も持たなければいけない。他人をあてには出来ないのだ。不便さは足に勝《まさ》るとも劣らないのだけれど……。

「どうしたの？」白いほうたいと三角巾は目立つので、いちいち説明をするのが面倒であった。

左手というのが右手の補佐としてなくてはならぬものだということがよくわかった。

その格好で山形県の庄内空港《しょうない》に降り立ったものだから、迎えに来た当代の庄内藩主、酒井《さかい》家の奥方天美《あまみ》さんが驚いた。

今まで二度、酒井家の松ヶ岡《まつおか》開墾地に五棟残っている堂々たる蚕室《さんしつ》を改造した画廊で、私の蒐集品、藍木綿《あいもめん》の筒描《つつが》きの展示をした。

それ以来仲よくしていて、三度目の展示を頼まれていた。パリでの展示の一年前である。

久しぶりの松ヶ岡には、愛してやまぬなつかしい風景があった。二十年前最初に訪れた時は、感激した。

古木の松と桜並木の両側に、明治維新で壊された城の瓦《かわら》を屋根に使った十棟の蚕室と柿畑。職を失った武士のために作られたのが松ヶ岡開墾地である。五棟は古くなって取り壊されたが五棟は堂々たる姿を今も残しており、画廊や資料館、かつての蚕室を再現したものや、喫茶室もある。

窓をあけると、月山《がっさん》が見える。優しい眉《まゆ》の形をしているが、標高は二千メートル近く、夏スキーが出来る。

なだらかな斜面に雪が残り、手前の柿畑に続いて菜の花が咲き、桃の花も同時に開いていた。

夢のような風景が好きで惚れて通った。「殿《との》はん」と呼ばれて鶴岡《つるおか》の人々から親しまれている酒井家の御夫妻ともすっかりうちとけた。

そこへ帰ってきたのだ。左手が使えないから、などと言ってはいられない。松ヶ岡の入口に近い棟の二階の画廊で展示会の飾り付けを始めた。

私は、飾り方や順序を言うだけで、あとは大工さんや、土地の人がやってくれる。関根《せきね》薫《かおる》さんという鶴岡から毎月私のエッセイ教室に通って来てくれる女性が手伝ってくれた。「ハイ！　ハイ！」と私の言葉を手際よく大工さんに伝え、背丈《せたけ》より大きな筒描きを持って走りまわってくれた。

展示を終えて雨戸を明けると月山が目の前に迫って来た。夕焼けを楽しみにしていたのに、ポツリと雨が落ちてきた。

天気予報通りだったらしく、仕事を終えた関根さんは、黒い雨合羽《あまがっぱ》と黒いヘルメットを身にまとい、さっそうとバイクにまたがった。その姿の可愛いこと！

「お疲れ様！」また一人若い友人が増えた。

人の優しさに感謝する

会期の初日、展示場の隣にある昔の本陣の一室で講演会を開いた。池の片隅に花の終わった水芭蕉《みずばしょう》がある。

「これを使って腕を吊ったらどうかしら」天美さんが言う。私は朱色の上衣を着ていたので、それに合う朱のまじった池田満寿夫《いけだますお》デザインのスカーフだった。わざとアクセサリーにしたように似合っていた。

次の日、「お祓《はら》いをしましょう」と酒井夫妻に誘われた。行き先は、かつて訪れたことのある出羽三山《でわさんざん》である。

その日のために御夫妻は、出羽三山の中心、羽黒山《はぐろさん》の宮司《ぐうじ》に頼んで、特別の祈禱《きとう》と、名物の料理を頼んでおいてくれた。

宮司とは前にも会った事がある。大きな神社の宮司の場合、何年かごとに転勤があるという話が面白かった。明治神宮をはじめ、各地の重要な神社、その一つに羽黒山も入っている。

名高い五重の塔（国宝）を横に見て車で羽黒山神社まで上る。拝殿に上がり、頭を垂《た》れ、正装した宮司の祝詞《のりと》を聞き、お祓いを受け、最後に清めの盃《さかずき》。

気のせいか左手が軽くなった。清々《すがすが》しい気分で外に出ると、黄色い小さな蝶が一羽戯《たわむ》れていた。何かいいことありそうな……。

食事処に用意された昼食では、土地の食材を使った膳が並んでいる。どれもこれもおいしくて残らず平らげた。

酒井夫妻と私たち夫婦、楽しい一刻だった。廊下に出るとはるかな山裾まで見晴らせる。毎年二月一日、鶴岡で行われる、黒川能《くろかわのう》に八年続けて夫妻に招かれた。当屋《とうや》と呼ばれる当番の古い家で、次の日の明け方まで舞われるのどかな能の節《ふし》まで憶えてしまった。

骨折はしたが、おかげで多くの人の優しさに触れる事が出来た。その後、羽黒山のお祓いのおかげか、けがはなく元気になった。人間の回復力にも驚いている。

「出来ないからやらない」のは悔しい

若者がメールにはまる理由を知りたくて

「私にもメル友がいるのよ」

と言うと、昔からの友達は、けげんな顔をする。

「あんなに頑固に否定してたじゃない。絶対にメールもパソコンもやらないって……」

確かにそうだった。パソコンはいじってみたけれど、検索には役立つものの、原稿を書くには時間がかかる。

いくらでも訂正がきくから便利だというけれど、私は一度書き出したら、ほとんど直さずに最後まで書ききる。書き始める前は、さんざん考えるものの書き始めたら一気である。

だから、紙と鉛筆やボールペン、万年筆など書くものさえあれば、どこでもいい。身一つでキカイなどのお世話にならずともいい。自分の肉体を通して出てくる言葉があると信じてもいる。

物書きにも、自筆原稿を貫く人は多い。井上《いのうえ》ひさし氏と浅田次郎《あさだじろう》氏も対談で、絶対にパソコンで書かないと言っていた。

『家族という病』（幻冬舎）の原稿が出来上がり、原稿用紙のままドサッと編集者に渡したら、初めての経験だったらしく抱きかかえて帰っていった。手書きという重みがあったのかもしれない。

メールについては、若者たちが車内でみなケータイやスマホを見ているのにあきれていた。恋人同士隣に坐《すわ》って会話をせずにメールで話しているのはどうかしている……。

しかし、あんなにはまるには理由があるにちがいない。知っていてやらないのと知らないのでやらないのとでは別物だ。

知らないでやらないのは、やれない、出来ないということ。それは口惜しいとどこかで考えていた。パソコンは動かしてみて、ある程度、わかった気がしてやめてしまった。時間をとられるのがもったいない。

それがいとも簡単にメールをやり始めた。若い友人の言葉がきっかけだった。

「メールをすれば、いいのに……」

そのわなに簡単にはまった。さりげなく言われたので抵抗なく胸の中に入ってきた。

言葉が消えないのがメールの楽しみ

少し時間のある時に、仕事を手伝ってくれる事務所の女性にSMS（ショートメッセージサービス）の説明を聞いた。メールアドレスなどという面倒なものがなくてもすむ。

彼女にスマホを使おうかと相談したら「無理です」と言われたのもこたえていた。順序を追っていかないといけないという意味だったろう。

私には人がやるものが出来ないわけはないとうぬぼれているところがあって、「出来るけどやらないだけ」で「出来ないからやらない」のではないと思っている。

SMSはすぐ出来た。早速若い友人に送ったら、まもなく返信が来た。

「最初はよちよち歩きで可愛かったけど、上達しましたネ」

短く必要最小限しか表現出来なかったのが、感情をすべりこませる事を憶えたら、私は物書きだから、言葉を選ぶのが楽しい。

なぜ若者がメールにはまるのかがわかってきた。二人の間にしか通じない、〃ひそやかな楽しみ〃なのだ。

喋った事は消えてしまうが、残された言葉を反芻《はんすう》することも出来る。恋人たちが折角《せっかく》目の前で会っていても、メールしあう気持ちがようやく理解出来た。濃密な意味があるのかもしれない。

メールアドレスを作って、自由に長文も出来るようになったが、失敗もある。題名と本文の区別のないものを打ったら、その都度、メル友は困ったナという気持ちを滲《にじ》ませながらていねいに書き方をメールで教えてくれた。

二度同じまちがいはしないが私のモットーだから、その後は記号やマークをつける事も学んだ。少しずつ出来なかった事が出来るようになるのは嬉しい。

メル友からは、時に風景や花が添付されてくる。「写真が来たら、感激するでしょうネ」と言われてやってみないわけにゆかない。

誕生日の祝に、季節の花、今を盛りのつつじを送ってみた。賞《ほ》められるとすぐその気になって、次には、銀座《ぎんざ》のレストランの卓上にあった、小さくて可愛い色どりの花を撮って送った。

そんな私を友達が、あきれ顔で見ている。

「写真からメール、いわゆる写メは完璧ですね」とメル友からの返信。まんまと策にはまったようだ。

何かきっかけがあれば、それを生かしてやってみたい。しかし、メールはあくまでも人と人をつなぐ補佐的手段だという事を忘れてはならない。

見えていない側が気になる

世間話は苦手だけれど

美容院が苦手だ。行かないですむならすませたい。

何が苦手かというと、会話である。

日常的な会話、世間話というものが出来ない。奥様方の中にほうり込まれると、何を話していいかわからない。

喋る職業だったこともあるから、適当に合わせることは出来るが、したくはない。美容院での会話を聞いていると、私にとってはどうでもいいやりとりで、黙っているに越したことはない。

興味のある話題ならいくらでも出来るが、それ以外は喋らないので、無愛想だとか、人づきあいが悪いと思われてしまう。

どう思われてもいいので、週刊誌などを拾い読みしている。「家庭画報」や「ヴォーグ」などが置いてあると、いちおう眺めるが、重いばかりで、ページをめくっていると、あっという間に終わってしまう。

結局、気心が知れていて何も喋らずともいい、行きつけの美容室に落ち着く。

元気だった頃の大島《おおしま》渚《なぎさ》監督に紹介されて、月一回、京都から来る美容界のレジェンドとも言うべき女の先生にカットしてもらう。

ついでに髪を染め、最近は顔の手入れもお願いする。フランスで修業し今も年に一度はフランスに出かけるインテリ女性で、無駄な事は言わない。客も鶴見《つるみ》和子《かずこ》、澤地《さわち》久枝《ひさえ》、といった人々が常連であった。

サロン的雰囲気でリラックス出来、母が亡くなった日も、立ち寄って息抜きをした。

もう一つ、孫娘のこはるちゃんの顔を見るのが楽しみだ。私の住むマンションの近くの学校に電車通学をしていたから、午後四時頃帰ってくる。丁度会える時間に行ったり、土曜日の休みを狙ったり。つれあいまでも一緒に来るようになり、こはるちゃんと交換日記をしている。

ここには、爪専門の女性もいて、淡いピンクに、左手の人指し指、右手の薬指の下に小さな銀の粒を品よくつけてくれる。それだけで浮き浮きする。

急な場合には、私の住むマンションの敷地内にある美容室で洗髪とブローをしてもらう。

骨折続きの三年間は自分で髪が洗えないので、ずい分世話になった。女主人も余分な事は言わない。ここでも思いがけず楽しみを見つけた。

月の裏側はどうなっているか

洗髪のための二人の若い男性がいるのだが、一人は長野県の御代田《みよた》が故郷だという。御代田は、私の山荘のある軽井沢のすぐ隣で、よく知っている。

両親は御代田にいるが、滅多《めった》に帰らないので、母から時々電話が来るという。「今年は大雪で外に出られない時もあったそうです」「こぶしや桜がいっせいに咲き、たらの芽やふきのとうも出ているらしいです」と情報をくれる。

「そうか。わが家の庭のたらの芽も食べ頃かな」と、行ってみなければという気になる。土地の人たちが、夏まで来る様子のない別荘族の庭のたらの芽やふきのとうをとっても、別に構わない。

そんなのどけさが好きだ。そのかわり次の年にもまた芽が出るように、少し残してとる。それが礼儀なのだ。

もう一人の男性は、向こうから声をかけないので、私もあまり話はしなかった。ある時、その男性が私の髪を洗いながら、こう言った。

「月の裏側を知ってますか。地球からは片側しか見えないんですが……」

ちょうど満月の日に、私の叔母が亡くなって月が気になっていた。

月の裏側？　そういえば、私たちはいつも見える側からしか見た事がなく、裏側の事など考えた事もない。

地球のまわりをまわる月は、私たちにとっては一つの側面に過ぎず、裏側はどこから見えるのだろうか。

彼は、宇宙の事が好きで、様々な本や、雑誌でニュースを知っている。

「まもなく、大流星群が来るんです。毎年冬場に話題になる流星ではなく、あまり知られてはいないのですが、宇宙の奥からやってくるその流星群をなんとか見たいと思っているんですが……」

へえー、しばらく夜空の星を見上げていなかった。今度山荘に行ったら思う存分見上げてみよう。丈《たけ》高い梢《こずえ》が葉で覆《おお》われる前に。

それにしても、月の裏側はどうなっているのだろう。兎のもちつきと言われる影は表側だけなのか。人類の月面着陸は表側なのか裏だったのか。

そもそもどちら側が表でどちらが裏なのかもわからない。今度美容院に出かけたら、聞いてみよう。

忘れたら、新しく憶えればいい

思い出した時が嬉しい

年をとったとは、あまり感じない。おめでたく出来ているのだ。「年をとった」とがっくりしたりはしないが、「あれ?」と思うのは、「物忘れ」が多くなった時だ。

特に人の名前や固有名詞、そして漢字である。私は昔から漢字の読み書きは得意だったので、読む方は大丈夫だが、書く方は心もとなくなってきた。

原稿を書いていても、字が正しく思い出せない。情けないと思っていたら、句友のイラストレーター和田誠《わだまこと》さん(二〇一九年逝去)も同じことを言っていた。和田さんは、私と同い年なのだ。

まあ正常な老化現象と考えることにしよう。人の名前や固有名詞は昔から苦手で今さら始まったことではない。忘れ物は学生の頃から有名だったので、今の方が気をつけているので少ない。

約束事は、たいてい頭で憶えていて、メモしなくても失敗する事はほとんどなかったが、さすがに最近はきちんとメモする。手帖にスケジュールを書き込む。仕事についてはは忘れることはほとんどないのだが。

漢字がどうしても思い出せない時は、辞書を引く。電子辞書やスマホでもいいのだが、あの厚い広辞苑などをめくると、忘れない気がする。簡単に見つかるものは簡単に忘れる。苦労して引くと忘れない。細い字が見にくくなったので拡大鏡も使う。

第一段階は、自力で思い出そうとする。すぐ思い出せないと、その字の部分を空《あ》けておいて一くぎりついたところで辞書を引く。一度止まるとスピードが落ちて、書こうと思っていた内容を忘れてしまうからだ。

かと言って、あまり時間が経ってからではいけない。すぐ処置すること。解決しておかないと、次に持ち越し、わからない字が増えてくる。一つずつ納得して次に進む。人の名前や場所の名前は、思い出せないとつれあいや事務所の女性に聞く。つれあいも中々思い出せないが、事務所の女性はスマホをすぐ見るので、それも簡単すぎる。

ほんとうに忘れているわけではないので、とんでもない時にひょっと出てくる。だからひとまず諦《あきら》めて、時を置くことも大事だ。

思い出そう思い出そうとすると、かえってわからなくなるので、一服して、お茶やお菓子を飲んだり食べたり、日常生活に耽《ふけ》っているうちにふっと思い出す。思い出したらすぐメモしておく。

私の教訓としては、出来るだけ忘れた事を完全に忘れないうちに思い出しておく。忘れたままにしておいては、どこまでもずるずると忘れっぱなし。思い出した時の嬉しさったらない。

忘れるのは大切な事

記憶力には自信があっただけにショックを受けたが、今は思い出した時の喜びを楽しむようにしている。長い作曲家の名前など思い出した時は、「やったあ！」と自分に拍手。

忘れないうちにその作曲家のCDを聞き、確かめておく。忘れたらまた憶えればいいのだ。面倒がってはいけない。一つずつ解決しておくと、また記憶が重なる。

作家についても同じ。その作品を読み返してみる。若い頃にはわからなかったものが理解出来る。

自分の興味のある事については忘れないものだ。数字など大の苦手のはずが、かつての恋人の誕生日がなんと、二月十四日のバレンタインデーだったなど、忘れたくても忘れない。

最近出来た若い友人の誕生日を何かの会話で一度さらりと出て来ただけなのに、ぴたりと当ててびっくりされたり、関心のあるものは忘れないのだ。関心のないものは何度聞いても忘れるし、自分の記憶で、関心のあるなしがわかって面白い。

年をとるのも捨てたものではない。忘れたら、思い出すなり、憶え直せばいい。頭の記憶の部分が使われることで細胞が新しくなるだろう。

若い頃、ＮＨＫでアナウンサーをしていた。フィックスされて、かかえていた仕事は切れ間なく、次から次へと秒単位で押し寄せて来た。

その時学んだのだ。いかに忘れるかが大切かを。

人間の頭は若いからといって何でも全部憶えられるものではない。同時に記憶出来る範囲は決まっていて、一つ憶えたらそれを忘れて次を憶えるという風にしなければ追いつかなかった。いかに早く忘れられるかというのも才能なのだ。

一つ番組が終わったら、きれいさっぱり忘れて、次の番組を憶えて集中する。そのくり返しだった。

一つ終わったら次が始まる。すんだ事や終わったものを振り返らず前に向かう。

原稿も同じで本が出ると、それは終わった事。次の仕事に私はまっすぐにとりかかるのだ。

苦しみが咲かせる花の美しさ

さりげない言葉の中にある真実

〝六月を奇麗な風の吹くことよ〟

大好きな子規《しき》の句である。

さりげなく、ごくふつうの言葉を使って見事に言いあてている。

正岡《まさおか》子規の一生は、病に苦しむ辛いものだった。

松山《まつやま》時代を経て、上京し、根岸《ねぎし》に子規庵を結んでからというもの、たびたび喀血《かっけつ》し、カリエスの痛みに苦しんだ。

母と妹をふるさとから引き取り、共に住んだが、妹律《りつ》は、子規の看病に明け暮れた。

子規は、一間を病室とし、そこから庭の自然を、そして社会の移り変わりを見ていた。

梅雨の晴れ間、病床に伏《ふ》す子規に、快《こころよ》い風が渡ってくる。なんと奇麗な風なのか、六月のではなく、ここは六月をでなければならない。六月という雨の多い月を、吹き渡る風……、病床の子規も一瞬憂《う》さを忘れる。一間を出ることが出来ないからこそ、その感激は大きい。

ふと口から出た呟《つぶや》きが、そのまま句になっている。

この句に出会った直後に、私は長い間憧れていた青森県の白神山地《しらかみさんち》へ旅をした。夜のうちの雨が嘘のように晴れ、樹々《きぎ》を分けて、頂上の見晴し台まで辿《たど》り着いた時、一陣の風が汗をぬぐって過ぎた。

〝白神を奇麗な風の吹くことよ〟

子規を真似た言葉がのぼってきた。

子規の句は、セリフのようでもあり、日常の中で様々に使うことが出来る。言葉はさりげないが、それだけに深く事象を見ているからだ。

〝毎年よ彼岸の入りに寒いのは〟

〝いくたびも雪の深さを尋ねけり〟

自然に口をついて出てくる。

一度憶えたら忘れることがなく、心に棲《す》みついてしまう。

〝柿くへば鐘《かね》が鳴るなり法隆寺《ほうりゅうじ》〟

芭蕉《ばしょう》の推敲《すいこう》に推敲を重ね練りあげた芸術性とも違い、蕪村《ぶそん》の目の前に風景が浮かぶ天才性とも違った、何気なさの中に真実がある。

病が培った感性

私は若い頃、子規のすごさがわからなかった。その俳句のすばらしさを理解するまで、時間がかかった。

わかりやすい言葉で表現された情景や感情、それを素直に吐《は》くことがどんなに難しいことか。

技巧や作為をつきぬけて魂《たましい》から出て来た率直な言葉は、子規の一生、とりわけ病に伏してからの壮絶な苦しみと、病室一間から本質を見る洞察力による。

ものを見る目は、歩きまわらずとも、散策や旅に出ずとも磨《みが》かれる。毎日、毎時、ずっと見ているからこそ深く見抜くことが出来、感じることが出来る。

子規の世界は、子規庵の一間しかない。

部屋の中と、庭にある草花や土、その小さな空間が、こよなく美しく愛《いと》しいものに思える。

病んでこそ見えてくるものがあるのだ。私もかつて、疎開先の信貴山上の旅館の離れの一間から外を見ていた。結核を病む少女にとっての全世界、そこで培われ、磨かれたものは大きい。

私が最近になって子規に惹《ひ》かれるのもそのためにちがいない。病気だから、体が不自由だからといって何も出来ないのではない。だからこそ見えてくるもの、感じるものを表現することが出来る。

子規が健康な体を持っていたら、喀血を隠して従軍記者として中国へ渡ったほど好奇心旺盛で旅好きであるだけに一生動きまわっていたろう。その中で心に響く俳句がはたして出来ただろうか。

病や苦しみが咲かせる花は華麗だ。思いがけないものを生む。

〝糸瓜《へちま》咲て痰《たん》のつまりし仏かな〟

辞世の句と言われる。

糸瓜は子規の部屋の軒先の棚にある。

花を見ている子規は、死を目前にしている。

痰がつまり絶え間なく咳《せき》こむ。

その苦しみの中でもユーモアを忘れない。

「痰のつまりし仏かな」と自らを客観視している。

軽やかで壮絶な句である。

子規庵では句会が行われ、多くの句友をはじめ様々な人が訪れた。虚子《きよし》や漱石《そうせき》をはじめとする文人、そして秋山好古《あきやまよしふる》、真之《さねゆき》との親交は司馬遼太郎《しばりょうたろう》『坂の上の雲』（文藝春秋）に詳しい。

漱石は、ロンドン留学中に子規の死を知るが、親友のために多くの句を作っては日本に送り、朱を入れてもらっていた。

明治時代、俳句という独立した分野を不動のものとしたのは子規である。江戸期に連句として出発したものを俳句として完成し、以後ホトトギス派は今に至るまで主流である。

すべては、子規庵の一室から生まれたのだ。

「子規忌」「糸瓜忌」「獺祭《だっさい》忌」は季語でもある。

〝子規の忌や糸瓜と凧と肩凝《こ》りと〟　郭公《かっこう》
郭公は私の俳号である。

第2章

いつも心を遊ばせて、心にゆとりを持って。

心はいつも遊んでいる。どんなに忙しい時も、どんなに疲れている時も。遊びがないと、私は駄目になる。

遊びとは何か？　ゆとりである。

心の中にゆとりがあれば、マイペースで判断を誤ることがない。ゆとりがなくなるとギスギスして、せっぱつまった精神状態で決めることになるので、間違いを犯しかねない。

自分をコントロールしておくことが必要である。

二十代の頃、車の免許をとった。年を重ねてペーパードライバーのままでは、他人に迷惑をかけかねないので、返上したが……。

運転はお世辞にもうまいとは言えず、バックだけがうまかった。教習所の先生は、不思議そうな顔をして言った。

「あなたは変な人ですね。前進がうまくないのに、バックだけは、S字だろうと車庫入れだろうと、バッチリ。後ろに目がついてるんですか？」

教習所の学課試験で、いまだに忘れない言葉がある。

「吸入、圧縮、爆発、廃棄」

エンジンが始動するには、空気を吸い入れ、圧縮する。その力が大きければ、爆発力も増し、その後で棄《す》てる。

仕事も、生活もこのくり返しである。一日の単位でも、一ケ月でも、一年でも、一生もそうである。

吸い込む力と圧縮力。それは一生懸命がんばればいいものではない。広く大きく目を見開いて、あらゆる所から私という一ケ所に取り込む。そのゆとりを持っていたい。言葉を変えれば、遊びである。

思いっきり爆発した後は、息を吐く。廃棄である。いかに大きくゆっくりと息を吐くことが出来るかによって、次の段階に進む事が出来るのだ。

「吸入、圧縮、爆発、廃棄」自分にそう言い聞かせる。そして呼吸をし、心を遊ばせるのだ。

大切な感性を取り戻す

芽吹きの季節に

軽井沢の駅を降りるとほっとする。外気は冷たいのだが、のんびり流れている。体の中に凝《こ》り固まったものがほどけて、生き生きと血が通い出すのがわかる。

「あっ、来てよかった!」

毎回、感じるのだ。その年は、雪の多かった冬場を避けていたので、その感慨もひとしお。小諸《こもろ》で日本ペンクラブの催《もよお》しのあった四月に、山荘に行ったが、花も芽吹きもなく、冬の名残を引きずっていた。

その時から十日余りしか経たないのに、春は急速に来ていて、駅前の桜も軽井沢特有のピンクの濃い花をつけ、落葉松《からまつ》の並木は芽吹き始めている。私はこの季節が一番好きだ。

落葉松の芽吹きの幼児《おさなご》のような若緑……。それを見るために学生時代からどの位通っただろう。万平《まんぺい》ホテルのアルプス館の頂上にたった一つあったシングルの部屋には、猫脚のバスタブがあり、窓から浅間《あさま》の頂《いただき》が見えた。

今は見学だけになった三笠《みかさ》ホテル。三笠ハウスと呼ばれたレトロなホテルだった頃、おしのびで泊まった事がある。落葉松の芽吹きの頃だった。

落葉松が黄に色づく秋、針のような葉が降りそそぐのも好きだった。落葉松の雨と呼んでいたが、今は、やがて来る冬を思うと侘《わび》しい。春の芽吹きは、これからの日々を思うと浮き浮きとする。

その気分のまま、切符売り場に寄った。ゴールデンウィークの終わる六日の帰りを七日に変更するためだ。一日だって、一分だって長くいたい。

平日だったせいで、窓口はすいていた。

「北陸新幹線が開通して『あさま』は減ったんですね？」

「ええ、以前は『あさま』しかありませんでしたから」

駅員の言葉に吹き出した。それはそうだ。一ケ月ほど前までは『あさま』しかなかった。ほのぼのとしたユーモアのある言葉にも、東京を離れたのどけさがある。

自然の息吹《いぶ》きを感じて

中愛宕《なかあたご》にある山荘への道を辿ると、こぶしや山桜が落葉松の芽吹きの中に混ざり、我が家に近づくと、私道の奥の入口に山吹《やまぶき》が黄色く群れている。こでまりの白も咲き出した。庭にまわると、すみれ、黄水仙、ぼけの朱までがあり、急に春が訪れた事を告げていた。北国や山場では、春は順番を忘れ、我も我もと一挙に押し寄せてくる。その性急さがほほえましい。

私は「冬の家」のヴェランダのベンチに寝ころがって空を見上げる。芽吹いたばかりの落葉松の項の裏にひろがる群青《ぐんじょう》色の空に向かって深呼吸する。

「冬の家」は暖房完備でいつ訪れても使えるが、寄り添うように建っている「夏の家」は水道を止めるので夏場しか使えない。

吉村順三《よしむらじゅんぞう》設計の「夏の家」も冬装備を解き、友達が来てもいいようになっている。その家を覆う「針桐《はりぎり》」や「朴《ほう》」のつぼみが大きくふくらみ、いつ掌を開いてみせても不思議ではない。

日射《ひざ》しは強く、夏を思わせるのに、樹々の梢はひんやりと、目覚めたばかりでとまどっているようだ。

突然、優しく手に触れたものがある。薄目をあけてみると、ヤマガラが私の指の間から、ベンチに散ったひまわりの種子を拾おうとしていた。私はじっとしている。ヤマガラは上手に一粒をつまんで空中に去った。

ヤマガラは、山荘に来る多くの鳥の中で一番人なつこい。時には掌に乗って餌《えさ》をとっていくこともある。山荘に着くと最初に訪れるのがこのヤマガラ。窓をあける前に、外からコツコツたたいている。

どこで私たちが着いた事を知るのだろう。シジュウカラ、ゴジュウカラ、ヒガラ、コガラ、カラ類にまじって、ギャギャという声とは似つかぬ美しい色の尾を持つカケスが二羽飛んだ。

天から降る音楽は、コルリだろう。芽吹きの頃は、鳥の姿がよく見える。今年も恒例の鳥を見にくる人たちが来る。私もいつしか鳥好きになって珍しい鳥を見ると、すぐに図鑑を開いて確かめるようになった。

沢山の禽獣《きんじゅう》たち、花々や草木の芽に囲まれて私は自然界の息吹きと呼吸を合わせ、衰《おとろ》えていた五感を取り戻す。

遠くで、ドラミング……アカゲラだろうか。アオゲラ、それともコゲラ？ 真紅《しんく》の頭をしたアカゲラなどゲラ類（キッツキ）は大きくて、樹《き》に張りついて皮の下にいる虫を食べる。一刻庭で休息するだけの渡り鳥もやって来る。

いつだったか渡り途中の黒つぐみが窓ガラスに当たって死んでしまったので、穴を掘って落葉松の下に埋めた。

冬の間閉め切ったままだった雨戸を開けようとして異変に気がついた。まんまるの直径十センチほどの穴が行儀よく左右に一つずつ。

ゲラ類のあけた穴なのだ。二十五年近く一度もなかったのに。

夜雨戸を閉める。丸くあいた穴の奥に月が浮かんでいる。満月を少し過ぎたあたりだろうか。

〝啄木《きつつき》の開けた穴から後《のち》の月〟 郭公

風も動物も人も自由に出入り出来る家

軽井沢の庭を荒らした犯人

私の山荘はまずすみれが一面に開く。地に這《は》うようにびっしりと、自然のままの薄紫の小さな花。そのかそけき風情《ふぜい》が好きだ。

目をあげると、白いハンケチのようなコブシが拳《こぶし》を開きかけている。

今年は違った。何の花もない。すみれはいったいどこへ消えてしまったのか。それどころか、苔《こけ》が方々ひっくり返されて土が露出している。

つれあいが山野草を植えている片隅の階段状の部分も、草の根らしきものが枯れてへばりついている。

犯人はわかっている。猪だ。冬の間誰もいない山荘の庭に入って、土を掘り返し、苔の下に隠れているみみずを探して食べるのだ。見つかるまで同じ動作をくり返すらしく、庭のあちこちがはげている。

溜息《ためいき》をつくしかない。去年は隣の庭がひどかったが、今年は集中して我が家がやられている。

軽井沢で一番早く、外国人宣教師たちが山荘を作った旧軽井沢の愛宕地区。愛宕山の裾にひろがるこの土地は、項が見えぬほど落葉松が丈高く、熊や猪、かもしかも棲息している。ある秋の終わりの夕方、向かいの出版社の寮の庭に黒い影が勢揃いしていたことがあった。十頭近い猪だった。足音を忍ばせて山荘にころげ込んだ。

入口のドアの前をうり坊（猪の子供）がぞろぞろと歩いているのを見かけたこともある。

締め出す柵は作りたくない

「このあたりは、もともと彼等の棲家だったんだから、その中に人間が入り込んだんだよ」

土地の人に言われてみればその通り、人間の方が邪魔者なのだ。小さくなっているのが当たり前、苔がひっくり返ろうと、すみれが咲かなくなろうと自業自得である。

頑丈な柵を張りめぐらし、入口をしっかり覆っている家もあるが、そんな事はしたくない。出来るだけ自由に風も雨も動物も人間も出入り出来るようでありたいし、入口の鎖も在宅中は外している。それは昔からの軽井沢の法則であって、狭い道をいつでも車が対向車を避けられるようにという心配りであった。

そんな事を知っている人も少なくなったけれど、私はいつまでも獣《けもの》たちと共存していたい。

夜、山側の窓をあけると、獣たちの息づかいが聞こえてくる気がする。闇に目をこらすと、鎌のような鋭《するど》い月と冷たい星がまたたいている。

獣たちは、たいてい夜行性だからその時刻、あちこちで餌を探し動きまわっていることだろう。

微《かす》かな音がした。深い暗い森に包まれた隣の庭からだ。

猪だろうか、冬眠前の熊だろうか。寒気の押し寄せる中で、懸命に土を掘っている。生きるために彼等は戦っているのだ。

その姿を想像したら、健気《けなげ》で涙が出た。凍《こお》りつく空の下で神々しくさえある。

次の日、隣の家にのぼっていくと、ものの見事に土が耕されていた。我が家との境に植えた、樅《もみ》の木ぎりぎりまで彼等の戦った足跡が残されていた。

今年のすみれは諦めることにして、私はぼんやりと、ソファに坐って外を見ていた。

その時だ。まだ芽吹かぬ見通しの良い西隣の庭の樹々の間をよろよろと山に向かっていくものがいた。

眼鏡をかけてしばらく見ていると、年老いた獣であることがわかった。朝の遅い時間まで何をしていたのだろうか。夜の間、あちこちの庭をめぐって、力の限り土を掘り、みみずや食物にありつけたのだろうか。

大きな獣である。茶色がかった毛並みはバサバサと荒れて固まっている。

熊はまだ出てくる時期になってはいないから、猪にちがいない。たった一頭で森の棲家に帰っていくところだろうか。足を引きずりながら登っていく。

無事帰りつくように……。もうすみれなどどうでもよくなっていた。

六本木《ろっぽんぎ》に鶯《うぐいす》はいるか

春のおとずれを待つ

窓を細くあけている。原稿を書いている時も、食事をしている時も、東向きの窓から洩《も》れてくる音を、聞きのがさないように……。

待っているのだ。二月の半ば頃からその日々は続いた。毎年恒例なのだ。なのに、今年はまだ聞こえない。みぞれまじりの雪が、春にいやがらせをする日も、その春を通りこして、初夏を思わせる日射しが、一本の線になって、じゅうたんの上を這ってくる日も……。いつしか、桜が散り欅《けやき》や楡《にれ》の大木の枝に緑が日に日に濃くなり始めても、その音は聞かれない。

今年は聞けないのだろうか。それともいなくなってしまったのだろうか。自分一人の胸に持ちきれなくて、ついに聞いた。

「ねぇ、今年、鶯は鳴いた?」

「あ、ちょっとだけどね。チョチョチョっという笹鳴きを確かに、二、三度……」

つれあいの言葉にほっとする。

「いつ頃だった?」

「三月の半ば頃かなぁ……」

よかった。諦めかけていた。理由はわかっている。

私の住むマンションの東側は崖になっていて、その下に子供たちを預かる福祉施設があった。平屋建ての古い建物には子供たちの住む棟と、保母さんたちのいる棟があり、そこから学校へ通う子もいる。

幼い児が泣く声もする。運動場は広く、子供の日には鯉のぼりが飾られ、ゲームをやったり歌や踊りの慰問があったりする。

男性の声で『白いブランコ』が聞こえてきて、ベランダから乗り出してみると「ビリー・バンバン」の二人だった。いつだったか、講演で東北からの帰り、列車が停電で止まり、埼玉県から車を飛ばして帰った事があった。偶然同じ車輌に乗り合わせた二人が、一緒に行きましょうと、誘ってくれたのだ。

なつかしさで、ベランダから手を振るが、はるか下にいる二人には見えない。

その福祉施設には、しだれ桜や樫の大木があり崖の斜面には叢《くさむら》の中を縫うように小径が続いていた。

晩秋の紅葉も最後の華《はな》やぎを迎えるまで、借景を楽しませてもらっていたが、数年前から老人施設等が増築され、子供たちの施設も、従業員の施設も四階や二階建てのコンクリート棟に建て変えられた。それに伴って叢は整備され、鶯の棲家が失われたのではと危惧していた。

鶯は梅の枝に止まって鳴いたりしない。叢の中の下草につかまって鳴き方を学ぶ。鶯の笹鳴きといって、最初はやっと声を出してみる。臆病に「チョッ、チョッ」と小声で、やがて少しずつ自信を持って大きくなり、節がつき始める。「ケキョケキョー、ホー、ケキョ」

何日目かになると、「ホーホケキョ」とつながり、ある朝目覚めると、誇らし気な美声で感激させてくれる。

都会の中の鶯の通り道

私が最初に気付いたのは、広尾のマンションに越して三年目の早春だった。「おや?」と思ったが、すぐ打ち消した。こんな都心に鶯がいるはずがない。六本木という繁華街のすぐ隣なのだ。誰か録音を流しているのだろう。

しかし、次の日もまた次の日も。鶯は少しずつ上手になる。気をつけて聞くようになった。

そして崖下の道を散歩中動かぬ証拠を見つけた。

人通りのない細い道で、叢の中からくすんだ色の鳥が道路に顔を出した。鶯だった。鳥好きの仲間と探鳥に出かけて見たことがあるからまちがいはない。

鮮《あざ》やかな鶯色の羽に目のまわりに白いくっきりした縁取りのあるのは目白《めじろ》である。鶯は、声は美しいが地味な鳥なのだ。

六本木に「青野《あおの》」という老舗《しにせ》の和菓子屋がある。名物は鶯餅。

「鶯を尋《たず》ね尋ねて麻布《あざぶ》まで」という句を書いた額が飾られている。

鶯は渡り鳥である。秋から冬の間は暖かい地方に居て、春になると渡ってくる。

麻布は昔から鶯の通り道だったのだ。緑の多く残る麻布や広尾にやって来ても不思議はない。

「ほら！　鳴いた。ネ、また鳴くわよ。まだ幼《おさな》かったでしょ。もう少しすると上手に唄えるようになるの」

友達や仕事仲間が来ると、私は窓を細目にあけて鶯の声を聞かせる。そのうちに「まだ鳴かない？」と電話がかかってくるようになる。

諦めていたのに、今年も来たのだ。私が聞きのがしただけだった。つれあいの言葉を聞いて安心してゆっくり眠れるだろう。

林檎《りんご》の花の咲く季節に

林檎園の少女になる

弘前《ひろさき》に住む知人から、水茎《みずくき》のあとうるわしい墨の手紙が来た。

「林檎の花の咲く季節、岩木山《いわきさん》の裾野は白一色に埋まります」

どうしても行きたい。以前から憧れていた。林檎の花がいっせいに花開く四月末から五月、晩春の季節である。華やかな弘前城の桜の宴《うたげ》が終わって、後を追うように白い淋しげな花が開く。弘前城の桜は華やかなピンクなので、その違いに余計心惹かれるのだ。

雪の残る岩木山麓は、どこまでも林檎園が続く。知人はその一画を占める老舗の林檎園の女主人なのである。

九月、講演に訪れた私を、自分の林檎園に招待してくれた。「無袋《むたい》りんご」という袋をかぶせない栽培法なので、色づきがよくわかる。沢山の品種のなかで、最初に深い紅色を見せるのが「茜《あかね》」という品種、小ぶりで皮を剥《む》くと蒼ざめた少女のような白い肌が印象的だった。

私は女主人が持参してくれた麦わら帽をかぶり、働いている人々にまじって枝についている茜の向きを変えた。日の当たらぬ所は、赤みが薄い。もげないよう気をつけながら指でまわして、日を当ててやる。すると万べんなく赤みのいきとどいた実になるのだ。

夢中になって林檎園の少女を演じている私のために、彼女は手作りのおべんとうを持参していた。林檎畑の木の下で足を投げだして食べた……。

その時に約束した。今度は林檎の花を見に行くと。三年経ってようやく実現したのだ。

林檎の樹の下には禽獣が集《つど》う

正面に岩木山を見つめながら、裾野がぼんやりとかすんでいるのが不思議だった。輪郭がぼけている。近づくにつれて、すべて林檎の花だと気付いた。

「いっせいに開くのよ。白い布で覆ったようでしょ。それなのに林檎の花を一輪ずつちぎって染めると、仄《ほの》かな黄色になるの」

と言いながら、彼女は私の掌《てのひら》に小さな絹のハンカチを載《の》せてくれた。なんと優し気な……。白い肌のどこに林檎はこんな色を隠しているのだろうか。

以前訪れた事のある林檎園に分け入って二、三片の花びらを手帖にはさんだ。

この季節には、岩木山の岩場を伝ってかもしかが降りてくるそうな。立派な角《つの》を持ったお面をかぶったようなかもしかが林檎園の一角に顔をのぞかせる。

かもしかはおとなしい。私も軽井沢で散歩中、裏山で出会ったが、彫像のように動かず、近づいても静かに目を向けただけだった。

かもしかだけではない。林檎に集ってくるのは、鳥たちや、ねずみや兎などの小動物、さらに、獣たちも寄ってくる。

林檎という字はそのことをあらわしている。檎という字は木篇に、禽獣の禽と書く。鳥や獣たちが集う大好きな場所であるからだと、以前、エッセイに書かれていた。彼女は弘前でエッセイストとして知られており、『明日も林檎の樹の下で』という本を暮しの手帖社から出している。出版記念会を東京で開くため手伝った事があった。その事を忘れない。エッセイの中で一番私の心を摑んだのは、その一節であった。林檎の樹の下には禽獣が集う。その事を妻に教えた、御主人がなんとすばらしいことか。

東京暮らしだったのが、戦争中疎開した青森の弘前に住みつき、無袋林檎を手がけたその夫《ひと》は、無口だが、一つ事を究めた穏やかな目をしていた。

夫妻ともに年をとり息子に林檎園の仕事をゆずり、庭にも林檎園のあった邸《やしき》を売って、町中のマンションに暮らしている。

今年も林檎の花の咲く頃になった。彼女は元気だろうか。岩木山の裾野には何重にも白い布が張りめぐらされているだろう。

月一回の句会の日、幹事は私だった。迷わず、兼題《けんだい》は「林檎の花」にした。歳時記によるとまたの名を「花林檎」。

〝禽獣の集《つど》へる闇の花林檎〟　郭公

「天」に抜かれた私の句である。

「初恋」を再び

恋多き男性だった島崎藤村《しまざきとうそん》

小諸で日本ペンクラブ創立八十周年の催しをした。初代のペンクラブ会長は島崎藤村である。藤村は詩人として出発したが、後に『破戒』や『夜明け前』など長篇小説を手がけるようになる。

その詩から散文に変わっていく時期が小諸で過ごした六年間であった。長野県の馬籠《まごめ》がふるさとだが、詩人として『若菜集』などで名が出た後に、教師として城下町の小諸に赴任した。小諸義塾で、英語や国語を教えるためである。

この地で函館《はこだて》の女性、ふゆと結婚もした。仙台《せんだい》では教え子の少女と恋仲だった。恋多き男性である。ようやく生活に落ち着きを見たのが小諸時代、就職と結婚で男は現実に目覚めると言われるが、小諸の藤村がそうだった。

私は「ふるさとと文学」一回目の「藤村の小諸」で、佐久《さく》出身の作家、井出孫六《いでまごろく》氏と対談することになっていた。

催しのための記者発表を、日本ペンクラブの当時の会長、浅田次郎氏と共に開いて一週間で、七百人の会場は満員になった。当日は八百人以上の人々が集まって大盛況であった。

前日に打ち合わせもかね、井出孫六氏と小諸市内を歩いた。藤村の家は残っていなかったが、旧《ふる》い井戸があり、そこで藤村は毎朝洗顔し、ふゆ夫人も近所の人々とよく話をしたという。小諸すみれという濃い紫のすみれが咲いていた。

三人の女の子が生まれ、生活はいちおう落ち着いていたかに見えたが、彼自身は、なんとか小説の世界に転身しようとあえいでいた。

この頃の詩集『落梅集』の最初には、「小諸なる古城のほとり、雲白く遊子悲しむ……」で名高い「千曲川《ちくまがわ》旅情のうた」がある。

その前身である『若菜集』には、「まだあげ初《そ》めし前髪の林檎のもとに見えしとき……」

で有名な「初恋」という詩がある。

私は大学で詩を専攻したので、主に藤村の詩について会場で話した。

鮮やかに一つの場面が浮んだ。

早稲田大学の現代文学の教室で、川副国基《かわぞえくにもと》教授が「初恋」の詩をとりあげた。

私たちは、この詩を若者の憧憬《どうけい》ととらえていたのだが、教授の解釈はちがっていた。

「最初はたしかに憧れだったが、この詩の最後ではあきらかに二人の間は男と女の情に変わっている。

林檎畑の樹の下に……

誰が踏みそめしかたみぞと……」

言われてみれば、そう解釈出来る。私はその時の事をはっきりと憶えていた。藤村は恋多き男で、後の『新生』では、姪のこま子との関係を描き、スキャンダルにもなった。

小諸時代は比較的平穏だったが、その後、『破戒』を発表するために上京するあたりから生活は苦しく、三人の娘は栄養失調で相次いで亡くなり、妻のふゆもその後亡くなった。

今だからわかる教授の言葉

小諸駅近くに藤村の宿として名高い中棚荘《なかだなそう》という旅館がある。催しの前日、そこへ泊まった。

それぞれの部屋には、藤村の作品の名がついており、私の隣の「初恋」の部屋は、浅田次郎会長、私の所は「新生」であった。

木製の鍵には『新生』の一節が書かれていて、小説中の節子というヒロインが叔父に言うセリフが書かれていた。

「叔父さま、私の様子を見てもうおわかりでしょう」

それは子供をみごもった事を告げるセリフであった。藤村は身重《みおも》のこま子の世話を人に頼んで三年間パリへ遊学するのだが、私と井出孫六氏との間でその話に触れると、会場はしんとした。

中棚荘のお女将の話では、藤村が小諸にいた頃、道を通ると、若い娘のいる家はみな窓をしめたという。それぐらい魅力的で、本人も女性が好きだったのだそうだ。

納得した。大学で「初恋」の詩を解説した教授の深読みがわかったのだ。

中棚荘に泊まった日、長い階段を上ってようやく湯舟に辿り着いた。

誰もいず、湯の中に一面に林檎が浮いていた。りんご湯に手足を浸《ひた》しながら、私は「初恋」を口ずさんだ。

「まだあげ初めし前髪の
林檎のもとに見えしとき……」

心に正直でいることはすばらしい

句会の友人に、黒柳徹子《くろやなぎてつこ》さんがいる。忙しい人だから、毎回出席とはいかないが、寸暇《すんか》を見つけて、句を作り、彼女が来ると座が盛り上がる。

俳句はもともと座の文芸だから、必須の条件だろう。話題は彼女の興味のある方へ流れ、耳はそちらに傾き俳句の作れない事もある。「トットちゃん」だった頃から何も変わってはいない。

「まあ！」「へえ！」「あら！」

「まあ！」「へえ！」「あら！」と教室でお勉強中でも、通りがかったチンドン屋さんに惹かれて、見に行ってしまう。

そこがすばらしいのだ。自分の心に正直に感動して表現する。

「徹子の部屋」などでも、「まあ」「へえ」「あら」が多い。私も七回出演しているが、ついつられて話してしまう。

「ヤン坊ニン坊トン坊」（NHKの連続ラジオドラマ）や、テレビの「夢で会いましょう」でも彼女が出ると番組が生き生きした。その頃は、すべてナマ番組だった。バラエティやドラマもナマで、緊張感やドタバタぶりは想像を絶していて、よくやって来たものだと思う。

私も昭和三十四年アナウンサーとしてNHKに入局して以来ずっとナマで育ったから、今でもナマ番組が大好き。「徹子の部屋」は録画だが、ナマ同様に収録するから編集なしである。徹子さんの希望だというから、わが意を得たり。ナマの感動を少しでも残しておきたい気持ちがよくわかる。

まだ内幸町《うちさいわいちょう》二―二、今の日比谷《ひびや》シティのあたりにあった放送会館が仕事場で、石づくりの堂々たる正面玄関に、二・二六事件当時や、終戦の詔勅《しょうちょく》が放送されたスタジオ、そして音の良さでは語り草のNHKホール……。

そこで育った私たちは、話し始めると、あの頃の匂いや感触が、説明せずともよみがえる。徹子さんは私より先輩だが、古き良き時代の放送局を知る数少ない仲間になってしまった。

その徹子さんに月一回会えるのが嬉しい。同じ句友のイラストレーターの田村《たむら》セツコさんも徹子さんに会うのを楽しみにしている。

舞台の味を探して

年一回、徹子さんの舞台がある。二〇一五年は「ルーマーズ」。五月二十九日の夜、私の誕生日に祝いもかねて、券をとった。

二〇一四年は、ダスティン・ホフマンが監督をした映画『カルテット！　人生のオペラハウス』でも有名になった音楽家たちの老人ホームを描いたドラマ「想《おも》い出のカルテット」だった。

初演は、京橋《きょうばし》にあったル・テアトル銀座で、徹子さんも気に入っていたが閉鎖してしまったので、六本木に新しく出来た劇場を今は使っている。

「カルテット」は『椿姫』や『アイーダ』などオペラの作曲で名高いヴェルディが、老後を迎えた音楽家たちのために老人ホームを建てた実話にもとづいている。

かつての演奏家や歌手たちが楽しく老後を過ごせるための施設に、ある日、かつてスターだったソプラノ歌手が入ってくる。そこにはかつて、彼女と結婚していた男性が入っている。

離婚後何年かぶりで再会する二人。友人たちは、二人の仲を取り持とうとするが、うまくいかない。

ホーム名物の音楽会が開かれる事になって、かつての夫婦に友人二人、オペラの四重唱に挑戦するためのレッスンが始まった。しばらく声を出していないせいもあって、誰もかつてのようには唱えない。

仕方なく、絶賛を博した昔の録音を流して口を合わせる方針に転換した。

練習過程で少しずつ夫婦だった二人は、お互いの理解を取り戻す。言うまでもなくかつてのスター歌手は黒柳徹子さんだ。

舞台を見て驚いた。ふだんの徹子さんとほとんど変わらない。セリフまわしも発声も。もうそれだけでおかしくて笑いっぱなしであった。

昔を想い出して夫婦の会話でしんみりするのは、

「あの頃、あなたはライムのマーマレードが好きだったわネ」というセリフ。

朝食のパンにつける夫の好きなライムのジャム、それが二人の仲を近づけてゆく。

「ライムのマーマレード」はどこに売っているだろうか。人に聞いてもわからない。広尾の外国人客の多いナショナルマーケットで、つれあいが見つけてきた。

句会の仲間が我が家に寄った日、私は、ライムのマーマレードを開けて、まず徹子さんに、次いで一人一人に一さじずつなめてもらった。

ほろ苦く、ライムの青い皮が残っているそのジャムは、美味であった。

「あら！　おいしい」

徹子さんが声をあげた。舞台では消え物だから本物ではないのだ。

その後我が家の定番になり、徹子さんにもお裾分けした。

愛する椅子で過ごす時間

「ジェームス」と名付けられた椅子

広尾のマンションには、名前のある椅子がある。「ジェームス」という名がついたのは二〇一四年のことだった。月一回の句会が終わって、近くの私の家へみんなが遊びに来た。男性は、和田誠、麹谷宏《こうじたにひろし》、矢吹申彦《やぶきのぶひこ》、矢崎泰久《やざきやすひさ》、女性は、黒柳徹子、白石冬美《しらいしふゆみ》（二〇一九年逝去）、田村セツコなど。

俳号パル子さんこと田村さんは、我が家のリビングに入るなり、気に入った椅子を見つけた。

それは隣の私の仕事部屋につながるあたりに置かれていた黒革の寝椅子。オットマンがついている。

そこに身を沈めると、すっぽり収まって、立つのがいやになる。パル子さんは、一度も立ち上がらず、よほど気に入ったようで、帰り際に、「これは私の椅子。名前をつけていくわ。そうね……あ、ジェームスがいい」

そう言われると、その椅子はジェームス以外の何者でもないと思えてくるのだった。

三十年位、いやもっと前だろうか。

実家のある世田谷の等々力《とどろき》に住んでいた頃、環八《かんぱち》沿いにある、北欧家具の店で見つけたものだった。

最初から目についたのだが、高くて買えず、季節外れのバーゲンでようやく手に入れた。

等々力の家を出て、麻布永坂《ながさか》のマンションから広尾のマンションまで一緒に引っ越して来た。

その間に艶《つや》やかだった黒い肌はかさつき、時々、磨いてやるときれいになった。ただ無数の傷あとだけはどうにもならない。

それは私の猫たちの爪跡で、等々力のヤムヤム、麻布永坂のロミオ、広尾のサガンと、歴代の猫たちが存在した証拠なのだ。

パル子さんも猫好きでずっと一緒に暮らしているから、あの椅子にすぐ馴染んだのだろう。

それにしても、「ジェームス」とは、よくぞ名付けた。反《そ》った背はしなやかだが、決して女のそれではなく、しっかりと体を支えてくれる。包まれている安心感と、それでいてシャイでおしゃれな男。

私もつれあいも「ジェームス」という名がすっかり気に入った。句会で会うたびに、「ジェームスは元気？」「今度会いに行くわネ」とジェームスの話で盛り上がる。

私を抱きしめてくれる椅子

私は椅子が好きで私のマンションには、椅子が沢山ある。一つとして同じものはない。イギリス家具の古い木の食卓の六つの椅子も材質と系統は同じだが、どこか彫りや形を変えてある。注文して違えたのだ。

食事をする時、それぞれの椅子を持っていると楽しい。リビングセットは渋い朱の布製の二人掛け椅子に、オットマンつきの薄緑の柄のある小ぶりの布製のもの。食卓と同じ材質の背もたれの繊細な椅子。

いずれも、麻布にあった「武市《たけち》」というイギリス家具屋で求めたものだ。大好きな店で用もないのにお茶を飲みに寄ったりと、私の散歩コースだったが、御主人がガンを発病、一ケ月で亡くなってしまった。

それ等のイギリス家具の中で「ジェームス」だけが異質なのである。優雅というより素朴でたくましく、思わずその腕に抱きしめてもらいたくなる。

私もその椅子を愛していて、夜つれあいが自分の部屋に引きあげたあと、そこに坐って、音楽を聞いたり、本を読んだり、ひとりの刻を楽しむ。ジェームスとのひそかな逢瀬である。

パル子さんもその匂いを嗅《か》いだのだろうか。

原宿に住んで、少女のような格好をしているパル子さんの絵はいつも夢見ている。展覧会で油絵を見たことがあるが、多くのファンをとりこにするのがわかる。

そのパル子さんが、「私の椅子」と呼ぶ「ジェームス」。かすかな嫉妬《しっと》を憶えながらも恋敵《こいがたき》がいる方が燃え上がる。

ジェームスにはもう一人手強いファンがいて、美容室の孫娘こはるちゃん、自称「コハ」という少女である。妖精のようにはかなげで浮世ばなれしていて、我が家にやってくるなり、仕事部屋にあった「ジェームス」を見つけ、もぐり込んだきり動かなくなった。

「この椅子はコハのだからね、だれも盗《と》っちゃだめ！」

若い傲慢《ごうまん》さにはお手あげだ。

お父さんが迎えに来て、ようやく椅子から引き離されてしぶしぶ帰って行った。

彼女は虫や小動物が大好きで、自分の部屋には、沢山の瓶《びん》が並んでいる。おたまじゃくしや、蝶の幼虫がいたり、とかげがいたり、女の子には珍しい「虫愛づる姫君」なのだ。「秘密基地を今度見せてあげるネ」と言うが、いったい何が隠れているか。

椅子は人を詩人にする。

「ジェームス」に坐った時も、「森の中のコハの家と、そこに棲む動物たち」をスケッチブックに描いていた。そんな彼女も高校生になり、この春カナダに留学した。

誰も考えていなかったことへの好奇心

セーヌ川はどちらから流れているか

二〇一四年六月、約一ケ月パリに滞在した。パリ日本文化会館で、私の蒐集品である江戸期からの藍木綿の筒描き展の開催とそれに伴う講演会のためである。

今期中、会場まで歩いて十分の小さな部屋を借りた。

エッフェル塔に向かい、セーヌ河畔に沿っていくと、ガラス張りの会場が見えてくる。一階のロビーのガラス戸に張りつけた祝い布団の「鳳凰《ほうおう》」が大きな翔《はね》を拡げ、通りがかりの人たちも足を止める。日本人よりもフランス人の客が多く、熱心に見てくれた。朝十時〜夕方六時まで、客足のとだえるお昼を狙って、私たちも会場を後にする。

ミラボー橋に向かってセーヌ川を右に見て行くと、セーヌ川の遊覧船がレストランとして停泊している岸辺に着く。私とつれあい、パリに二十年以上住んで画廊の仕事をしている知人。彼女は、私たちがパリ滞在中は通訳を務めてくれる。

セーヌの川波がすぐ下に見えるあたりに席をとり、食事を注文する。心地好《ここちよ》い風が頬《ほお》をなぶって通り過ぎる。パリにはカフェやレストラン、よりどり見どりだが、この船上レストランに勝《まさ》るものはない。何度も通った。

ある日、ふと眼下を流れるセーヌ川のどちらが上流で、どちらが下流だろうと気になった。川の流れでわかるはずだが、「白鳥の小径」と呼ばれる中州からミラボー橋あたりは、右に流れているようでもあり、左にたゆたっているようでもあり……。

「ねえ、この川はどっちからどっちへ流れてるの?」

「え? そんなこと一度も考えたことがないわ。きっとこっちが上流よ」

と二十年も住んでいるのに、知人の答えは心もとない。何となく感じでは、ポンヌフ(新しい橋)やアレクサンドル三世橋のある方が上流のような気がする。ノートルダム寺院やシテ島もあることだし。

地図で見ると、セーヌ川は、パリ市内を抱くように湾曲している。そこだけ見ると、どっちが上流だか、下流だかわかりにくい。知人が考えたこともないのは、当然かもしれない。パリ市内は、セーヌ川を中心に、右岸左岸に分かれている。右岸には凱旋門《がいせんもん》やシャンゼリゼなど中心部が、左岸には、カルチェラタンやサンジェルマンデプレなどの大学や芸術家の多い地域がひろがる。

それにしても、川であるからには、どこかに源流があり、どこかの海にそそいでいるはずなのだ。

「藍木綿の展覧会が終わったら、セーヌの下流に行ってみましょうよ」

知人も責任を感じたらしい。セーヌ川は、最後は、フランスの北、ノルマンディの海に注いでいるはずだから、パリから北に少し行ったセーヌ沿いの町の古い教会で、日本人の版画家が展覧会を開いているのを見に行こうということになった。

セーヌの下流を訪れて

パリでも有名な日本人版画家、長谷川《はせがわ》彰一《しょういち》さんとその奥様であるかつて女優だった磯《いそ》野《の》洋子《ようこ》さんの車でパリからおよそ一時間、教会の内部を染める鮮やかな色彩の絵の数々に魅《み》せられ、ついでにセーヌ下流の岸辺に繰り出した。モネが『睡蓮』を描いた有名な「ジヴェルニーの庭」もすぐ近くである。

石積みの家に名も知らぬつる草が這い、白や紫色の小さな花をつけている。坂道を降りるとセーヌ川が目前にある。土手を降り砂地を歩くと水辺が迫る。水量は豊富だが川幅がパリ市内より格段に増したとは思えない。

「ここには渡し船があるんです」

九十歳を過ぎた画伯の声は若々しい。「呼びましょうか」と奥様。二人でいつも散策しているらしい。

どこかでこんな風景を知っている。邸に沿った小径を降りるとセーヌに出る。そこに住む一人暮らしの優雅な女性を描いた小説『ロマネスク』。そんな暮らしに憧れた。

渡し船が近づいてきた。その日の営業は終わったが、特別に私たちを乗せてくれるという。ドラム缶を並べた台の上に手すりとベンチがあるだけの四角い乗り物。船頭の男が、エンジンをかけると、まわりながら向こう岸に向けて動き始めた。深い藍色の川面《かわも》に緑色の藻《も》が揺れている。

「ずっと向こうの赤瓦の家がぼくのアトリエです」

　それはセーヌを見下ろす丘に建っていた。画伯はパリ市内と郊外にアトリエと住まいを持つ。

「ここは、確かにセーヌ川の下流ですよネ」気になっていたことを聞いてみた。

「そうです。パリからノルマンディまで行く船旅もあるんですよ」

　なるほど、そうすると、シテ島やノートルダム寺院、ポンヌフの方向が下流なのだ。

　私もつれあいも、二十年パリに住む知人も、ようやく納得した。

第3章

余計なことを、沢山してきてよかった。

「この一筋につながる」という生き方に憧れる。

例えば、私の友人の作家、黒田夏子。

四歳の頃に書くことに目ざめ、母を亡くし、父と二人暮らしの中でその才能を培ってきた。大学を出て社会人になってからは、彼女はほんとうに書きたいものを書くために、十分な時間をとり、生活のためには、全くちがう仕事をした。

中学の先生、音楽事務所のマネージャー、料亭の事務。タオル会社に勤めたこともあるし、最後に校正の仕事。その間小説を書きつづけ、七十五歳で早稲田文学の新人賞に応募し、その作品が、芥川賞受賞となった。

私ならとっくに挫折したろう。小説を書くしかないという自分を信じて持続してきた意志。彼女のような友人を持った事が誇りだ。

同様に物を書く道をめざしながら、私は寄り道ばかりしてきた。

食べるためとはいえ、アナウンサーやキャスターという目まぐるしい日々を過ごし、その後ＪＫＡの会長という公《おおやけ》に近い仕事もした。

私のように好奇心が強く、趣味も多い人間にとっては当然のなりゆきで、とりかかると一生懸命やってしまうので、またもや目的地に着くには遠まわりになる。わざと逃げている節もあってますますまわり道になった。

それでも、決して書くことを忘れたことはない。日を追うにつれ、物を書く仕事への願望は強くなり、ようやくこの年になって正面から向かう覚悟が出来た。黒田夏子がいた事も大きい。

一見まわり道と思えたものは、すべて私の肥《こ》やしになっているはずだ。方法はちがうけれど、私は私のやり方で書いていく。

私にとっては仕事と趣味は両輪。私の姿勢を正してくれるのが仕事で、感性をうるおしてくれるのが趣味。どちらが欠けても駄目で、上手に両輪を操《あやつ》っていくしかない。

人から必要とされる事はありがたい

自分で決めたら守れるように

仕事が好きである。大学を出て以来ずっと仕事をしてきてよかったと思っている。もし仕事をしてこなかったらどんなにぐうたらな怠《なま》け者になったか。どうしようもない人生だったろうし、仕事があることで救われたと思っている。

仕事とはしなければならないことで、自分で自分を束縛することである。人から決められたり命令されたりすることは大嫌いで、反発するが、自分が決めたことには忠実である。

自分で決めたら守ろうとする。

やらなければ結果は火を見るより明らかで、自分にもどってくるだけだ。それほどみじめな事はないから意地になって守る。

例えば今校正しているこの原稿、五月一杯で編集者に渡すと約束した。約束したからには、何があってもそれまでに終えねばならない。

前もって目安はつける。無理な事は引き受けない。体の状態、気持ちの乗り方、自分自身と相談し、いけるとなったところで立てたスケジュールだ。自分で決めたのだからその通り実行する。自分を裏切ることは出来ない。

今、全体の五分の二まで出来上がった。あと二十日で五分の三。予定は立っている。多分、いや確実に、五月三十一日まで終えることが出来るだろう。異変さえ起きなければ……。

いつもこうやって仕事をしてきた。私の場合、連載を本にするというよりも、書き下ろしで一冊分書いてしまう事が多いので、ある程度の目安を決めねばならない。

決してその通りいくわけではない。途中でその他の仕事や、プライベートな用件が入ってくるが、融通をきかして、少ししか書けなかった分を、書ける日に一気に書いてしまう。

差し引きゼロになればいいわけで、様子を見ながら、変えていく。

出来ないスケジュールは組まない。若い時なら、徹夜も出来たが、今は一日七～八時間の睡眠をとらねば、仕事が出来ない。

いやいやの仕事は、うまくいくはずはないから、体調や気分を整《ととの》えた上でとりかかる。終わった時の解放感は何ものにもかえがたい。もっとも上機嫌なのは仕事がうまくいった時だろう。

予定した時間中に、思いがけずうまく表現出来たという時は、鼻唄まじりである。のびをして、お茶をのみ、おやつを食べ……。友達と食事をする事もあれば、音楽会や演劇を見に行くこともある。

遊びの時間を楽しく過ごすためにも、決して仕事を持ち越してはならない。仕事に後ろ髪引かれていては、楽しみに没入することが出来ない。

引き受けたら精一杯やり切る

私の場合、楽しみという人参《にんじん》を前にぶらさげていつも仕事をしているようだ。大きな仕事が終わった時は必ず自分にごほうびをやる。誰もくれないから自分でやる。

欲しかった洋服を買う。行きたかった外国に行く、会いたい友人のいる所へ旅に出る。何でもいいから気分転換をはかる。そのまま次の仕事に入っては、精神的身体的疲れがたまりつづけるから、一度吐き出してしまわなければならない。心機一転、次の仕事にとりかかる。

折々のひまは大事だが、私は、忙しいのが好きだ。

忙しいという事は、人から必要とされる事である。自分で自分を必要とすることもあるし、他人から必要とされることもある。

六年間、ＪＫＡの会長を務めた時も、私にとっては畑違いの仕事であるし、向いているとは思わなかったが、他人様《ひとさま》が必要として下さることでありがたい。安心出来る同じ道を歩むのではなく翔《と》んでみよう。飛んで火に入る夏の虫であっても自分で決めた事なら仕方ない。潔《いさぎよ》く責任をとるだけである。

いやなら最初からやめておけばいい。引き受けたからには、仕事なのだから、一所懸命にやって、駄目なら仕方ないではないか。寄り道だって興味があるから寄ってみたのだから、いいかげんにしてはいけない。

自分に出来る事は精いっぱいやる。そのコツもわかってきた。引き受けた仕事に必要な資料は出来るだけ取り寄せ、時間の許す限り、事前に読みこんだり、調べたりする。七、八分目位準備が出来た状態で本番に臨《のぞ》む。

大相撲の横綱白鵬《はくほう》が言っていた。

「完ぺきに出来上がった状態でなく、七、八分目の出来で場所にのぞみ、場所中に相撲を完成していく」

完ぺきだと思うと、安心して落とし穴に落ちる事があり、七、八分目で緊張感を持って場所に入り、だんだんもり上げて千秋楽に至る。それが歴代最多優勝という快挙を生んだのだろう。

仕事中の寄り道が自分を豊かにする

昔から恐いもの知らずだった

子供の頃から寄り道や散歩が好きだった。父の転勤で大阪に住んでいた頃、近くに大和川《やまとがわ》という一級河川があり、休みの日に上流へ上流へと土堤《どて》を歩いていって迷子になりかけた事もある。

そのあたりには玉手山《たまてやま》古墳や、中津媛《なかつひめ》の御陵などがあって、深い沼の向こうに手の入っていない森があり、夕方になると、白鷺が一斉に舞い降りた。巣があったのである。鶏が遊び桃の花が咲き、人々が平和に暮らしている桃源郷を見つけたこともあった。

台風で河川が増水する中、一人で傘をさして、大和川の水位を確かめに行き、危険水位ぎりぎりの濁流を見てもどったりもした。

恐いもの知らずなのだ。自分の興味のある方へどんどん行ってしまう。余計な寄り道をすることになる。

講演など地方へ行くと、仕事だけして帰る事もほとんどない。前もって焼きものや織りものなどの興味のある手仕事を調べておいて、時間の許す範囲で寄ってくる。地元の人に紹介してもらい、飛行機の時間、列車の時間内で行ける所へ行き、どの位様々な場所を訪れた事だろう。

講演だけしてその土地を知らずして帰るのは失礼だと思うのだ。おかげでエッセイの材料に困ることはなく、行先で自分のために気に入ったものを買ってふだんに使っているので、心の中が豊かである。

日本の中で行かない県はないし、小さな町や村も、土地の人より私の方が詳しい場合もある。

日本に限らない。外国へ仕事で出かけても同じなのだ。トルコのイスタンブールに一週間滞在した事があった。ガラタ橋のたもとで渡ってくる人を見ているとあらゆる人種がいる。東洋と西洋の架け橋と言われるゆえんだ。

漁業の指導をしている日本人男性を取材するために、対岸のウシュクダラへ渡った。海峡を渡る船は昔ながらの蒸気船で、通勤客が乗っている。チャイ（紅茶）をふるまってくれ、飲みながら、川風に吹かれている。

無理の出来る時に無理をしてよかった

ボスポラス海峡を私は愛してやまない。日本の援助による立派な吊り橋もかかっているが、イスタンブールではまもなく海に注ぐので、川幅は広い。

川面を見ながら、どうしても海峡をさかのぼってみたい欲求に駆られた。行きつく先は黒海《こっかい》のはずだ。仕事の終わった日、夜の飛行機まで時間があったのを幸い、タクシーを飛ばしてひたすらボスポラス海峡をさかのぼった。途中砦《とりで》のような遺跡やのどかな村を過ぎ、三時間を過ぎてようやく黒海に着いた。

海のように果てしない波打ち際に、黒褐色の波が押し寄せてくる。黒海だ。黒海に着いたのだ。時計を見ると、帰りの時間を考えるとぎりぎりである。

私は波打ち際に立ち、大きく深呼吸をした。少し先にレストランらしきものが見えたが、お茶一杯飲むひまはない。風景を目に灼《や》きつけて再び車中の人になった。

それでも十分に満足である。私はこの目で黒海を見たのだ。風を感じたのだ。ボスポラス海峡をひたすら上流へ上流へと辿ってついに着いた。その達成感がいい。

南米でも、現地で働く日本人に会いにテレビの仕事で出かけた。

リオデジャネイロでは丁度、リオのカーニバルの期間で、毎夜、見物に出かけた。世界一のイグアスの滝にも、寸暇をさいて行きしぶきを浴びた。

マチュピチュを訪れた事は忘れがたい。仕事そのものは、ペルーの首都リマで終わったのだが、ここまで来てマチュピチュへ行かないではいられない。

早目に仕事が終わったのを幸い、スタッフに無理を言ってクスコまで飛行機で飛び、早朝インディオの人々に混ざって、マチュピチュ行きの汽車に乗りアンデスの山々が窓の両側に迫る中、マチュピチュのもより駅に着き、そこから二千四百メートルの山頂までつづく九十九《つづら》折りの道をバスに乗り、天上の不思議な空間に着いた。斜面を上ったり下ったり、崖に腰かけて一休みすると霧がやって来て、はるか下から汽笛が上ってきた。あの茫洋とした気分を忘れない。

そのためには強行軍に次ぐ強行軍で、ゆっくり寝るひまもない。若かったから平気だったのだ。乗り物の中で上手に補《おぎな》ったが、時差がひどいので熟睡はしていない。

無理の出来る時に無理をしておいてよかった。今はそんな無茶をすることは出来ないからだ。

スタッフと別れ、ろくに語学も出来ないのに、帰りは、ベイルート支局に勤務していたつれあいの所へ飛んで、「よくぞ御無事で」と思う事が多い。恐いもの知らずで興味があれば一人で行ってしまう。

いまだにその癖は直らないが、体力が続かないのと昔よりは恐いものがわかってきたから、少しばかり慎重にはなった。友人たちは「とんでもない！　ちっとも変わってない」と言うが。

趣味こそ自由に、真剣に

筒描きに出会い惚れ込んだ

鳥取県の三朝《みささ》温泉だった。講演会が終わって旅館で温泉に入り、夕食をすませて温泉町へ散歩に出た。橋げたの隅に雪が残っていたから三月の終わり頃だろう。

細くまがりくねった温泉町に入るとまだ射的《しやてき》や古い理髪の店が残っていた。三階建ての木造の旅館が見えた。「木屋《きや》」とある。木造三階建てなど最近珍しい。

その一階の蔵造りの喫茶室の窓一面に、一羽の鳳凰が憩《いこ》っていた。藍の木綿地に、朱と白とで描かれたのびやかなその肢体に見とれた。雑誌で目にしたことはあるが本物は初めてだった。

喫茶室でコーヒーをたのみながら聞いた。

「これはどなたのものですか」

「うちのお女将が好きで蒐《あつ》めたものです」

どうしても会いたいと思った。話を聞いてお女将さんがやって来た。私がその美しさに魅了されたことを告げ、藍について語るうち、それが筒描きという手描きのもので江戸期から祝い布団、のれん、大風呂敷に使われたことを知った。

紺屋の職人さんが腕によりをかけて作ったもので、二枚と同じものはないこと。相手方の名を入れても、決して作り手の名は入れないこと。名を残すのではなく、作品で勝負なのだ。

江戸期、庶民は木綿と麻しか着ることを許されぬ中で、少しでも美しいものを生もうとしたその心意気！

どうしてもその鳳凰が欲しくなった。芹沢銈介《せりざわけいすけ》氏に頼まれてもゆずらなかったものを、ゆずれるわけがないと言うのを、粘《ねば》りに粘ってついに、手に入れた。

夜十二時をまわっていた。それが縁で、三舩《みふね》さんというその女将と仲よくなり、次々と筒描きを手に入れた。

地元へ出かけるとまっすぐに、旧家や骨董店で筒描きを探し、気に入ったものを買う。全国、特に山陰や四国、九州、藍に縁のある所から友人が大風呂敷に包んで、夜行列車で東京まで運んでくれたりもした。

お金もないのに、行先で講演代をはたき借金をして買い蒐め、東京、軽井沢、松江、鶴岡、鳥取などで見ていただいた。日常使いのものだから私は必ず「触れてみて下さい」と言う。

趣味だからこそ自由に、真剣に

日本にはこんなに美しいものがあるのに大切にされていない。簡素な日本の美は日本人が気付かぬうちに、戦後、外国人によって蒐集されたり、タペストリーになったりしている。

今でこそその美しさに気がついた人が多いが、私の蒐め始めた頃は少なかった。サントリー美術館などが蒐めてはいたが。

用の美、いわゆる民芸の一つとして私はおぶいひもや湯あげ、おむつ（むつき）にまで使われた日用品を蒐め、色褪《あ》せれば褪せたで美しい日本の藍に魅了された。私の蒐集を聞き方々で展覧会を頼まれるが、あくまでも私の趣味である。仕事ではないからお金はいただかない。

その代わり私の気に入った重要文化財の建物などで見ていただき、飾り付けも気のすむまで私がやる。

軽井沢三五荘《さんごそう》という文化財での展示を見た人が、どうしてもパリの人に見せたいといい、パリ日本文化会館で三週間、二〇一四年六月に展示することになった。

その間一日だけ、「江戸の暮らしと美意識」と題した講演をすることになり、その後でパーティ。パリ日本文化会館は、フランスでの日本文化紹介が中心で、セーヌ河畔のエッフェル塔のすぐそばにある。

一〇〇点あまりの中から五〇点を、手荷物で持参して、一日がかりで飾る。暗い部屋の中より、入口ロビーのガラス張りの広い空間一杯に外からも見えるように飾った。

興味のある人はもちろん、通りすがりの人々も何だろうと見てゆく。日本人よりむしろフランス人の方が多く、講演会も半分はフランス人で、熱心に質問し、その美意識の高さに驚かされた。浮世絵を見つけ印象派に取り入れたのもフランス人である。文化度の高さを改めて思う。

私は蒐集品はただで貸し、そのかわり会場費は無料。講演料は仕事だから日本ではいただくが、外国では仕事のビザがないので、滞在費を持ってもらった。

なぜこだわるのかと言われるが、私にとって筒描きの蒐集は好きでやっていること。真剣にやるがお金を得ることはしない。

デパートなどから話が来ることもあるが、商業的なものは引き受けない。趣味だからこそ自由に好きなように、取り組みたいのだ。

趣味がチャンスを与えてくれた

異国の街に身を沈めてみたい

毎年一度は、パリに出かけている。

世界各地を取材で歩き、中近東、インド、中南米などが好きだが、年を重ねてからは、ヨーロッパを中心に出かけることが多い。

若い時には苛酷な条件でも平気で、面白がれるが、年を重ねてくると、出来るだけ快適に過ごせる条件が満たされていることが大事だ。

若い人から「方々旅をしてどこがいいですか」と聞かれると、中近東、アフリカ、中南米など出来るだけ、若い時しか行けない所に行って欲しいし、日本と価値観のちがう所へ行った方がいいとすすめる。年を重ねてから、私は自分に一番フィットする街はフランスのパリだと見定めた。

遊びに行くというより、街の中に身を沈めていたいと思うのは、パリに勝る所はない。ウィーンも好きだが、馴染みのあるのは、パリだ。NHK時代、最初に一人旅で出かけたのもパリだった。

行ってみたいというより、その中で暮らしたい。思い切って住んでみればよかったのだが思うにまかせず、結局、六十を過ぎてから毎年一回は出かける事にした。

ホテルもいつも同じでシャンゼリゼ通りから少し入った所にある隠れ家的な小粋《こいき》でしゃれたホテルである。大きからず小さからず、家庭的雰囲気もあって食事がおいしい。顔なじみなので、フロントの人々が「お帰りなさい」と迎えてくれる。

しかし、ホテルはホテルである。出来れば生活をしてみたい。と思っていたらチャンスが訪れた。二〇一四年六月、パリ日本文化会館で筒描き展を開くことになったからだ。三週間の会期だから、一ケ月歩いて文化会館へ行ける範囲で部屋を借りる事にした。

週一回、シーツやらベッドメーキングを整え、掃除もしてくれる。フロントもいて、ホテルが経営している安心なアパートメントである。

中流の住宅街であるが、そばにカフェやら公園やらタクシー乗場のある交差点には、メリーゴーランドもある。三階の部屋には、キッチンに皿洗い器も完備している。ベッドに簡単な卓と椅子があるだけでシンプルだが。

パリで筒描き展を開き、アパートを借り

つれあいは毎朝、焼きたてのバケットを買いにパン屋さんへ。大小様々なスーパーや果物屋もあって自宅で食事を作って食べられる。それがどんなにほっとすることか、生活感を味わう事も出来た。

パンとコーヒー、果物の簡単な朝食をすますと、エッフェル塔をめざして歩き、やがてセーヌ川が見えてくると、道を左に折れて約十分、ガラス張りの日本文化会館が見えてくる。入口のガードマンとも仲よくなり、一階の会場へ。

飾りつけは、パリ在住の友人の画家、黒須《くろす》昇《のぼる》さんはじめ、彫刻を学ぶ学生、柔道家で今回の催しに尽力してくれた安本總一《やすもとそういち》さんその他、日本文化会館の外国人スタッフが数人、実によく働いてくれた。特に会館のスタッフは馴《な》れている上に美意識が高く飾り付けに様々なアドヴァイスをくれた。

夕方計画通り飾りつけを終え、次の日が初日。最初の客は、平沢淑子《ひらさわよしこ》さん（二〇一七年逝去）だった。彼女はＮＨＫアナウンサーの四年後輩でユニークな個性の持ち主。途中でアナウンサーをやめパリに渡り、シュール・レアリスムの画家になった。

久しぶりに会う事が出来た。ちょっとやせたが相変わらず、パリジェンヌと言っても違和感がない。自分もよく展覧会を開くので真っ先に来てくれたのだ。講演会はもちろん、様々な旧知の人々と会い、新しい友達も出来た。

パリには画家の友人が多く、武藤敏《むとうびん》さんはじめ、小杉小二郎《こすぎこじろう》さんの友人たちや、フランク淳子《じゅんこ》さんとその友人や次々訪れる人との再会、指揮者の矢崎彦太郎《やざきひこたろう》夫妻や、いつも通訳を務めてくれる川村真奈《かわむらまな》さんの友人、版画家の長谷川彰一さん、磯野洋子さん夫妻などなど、応待に忙しい。

講演会冒頭の三分間あいさつだけは、フランス語でやった。

かえって考えながらのアドリブがよかったと妙なお褒《ほ》めの言葉も頂いた。「江戸の暮らしと美意識」という題で筒描きの話をした時の通訳がすばらしかった。

おかげで満員大盛況で、その後のパーティも盛りあがった。毎日違う人に会い、我が家に帰り、窓から通る人を見る楽しみ。勤めに行くパリジャン、パリジェンヌ、黒ずくめのアラブの女性など人種も様々。ヨーロッパの人々は雨が降ってもほとんど傘はささない事もわかった。

寄り道の趣味での新しい出会い

パリで日の目を見た

パリ日本文化会館の館長は、竹内佐和子《たけうちさわこ》さんである。初代は、磯村尚徳《いそむらひさのり》氏で、NHKのキャスターであり、パリ支局長でもあった。

竹内さんの館長室は二階にあり、時間があるとそこに行ってお喋りをした。竹内さんは経済学者でもあり、政府の様々な委員も務めた人である。一階の展示場にもたびたび降りてきてアドヴァイスをもらった。

会期中に自宅に招待され、手料理を御馳走になった。七区の高級住宅街のアパルトマンで、窓からのながめは、並木と街並みが美しく、これぞパリという風情である。以前に住んだ所は、水道が故障していたり、古い建物が多いので、クレームは多いと言う。画家のフランク淳子さんも一緒で、女三人、今の日本の政治、社会についておおいに盛りあがった。

画家武藤敏さんの家では、こちらのミスで遅れたにもかかわらず、敏さんのさばいた魚料理や豚の角煮、敏さんの奥さんや友人を交え久しぶりの楽しい夜だった。

武藤敏さんは、私の実家の近くでお花見をやる時の常連だったが、パリに渡ったと聞いたきり、会っていなかった。

パリに来るたびに、日本食を御馳走になる画家の黒須昇さんは、岸田今日子《きしだきょうこ》さんの紹介である。

モンマルトルの丘の上、サクレクール寺院の裏側の坂を下ったアパルトマンは、最上階の四階の部屋で、パリ市内を一望する。そこから見た夕焼けは忘れられない。所狭しと画材が置かれていて私たちはベッドの上に腰をかけて話をする。

その年は、二人の若い女性アーティストも一緒で、お金があろうとなかろうと、彼等はみなパリを満喫している。

一人は、路上の釘《くぎ》を見つけて蒐集するのが趣味で、蒐められた釘はそれぞれの物語を語ってくれる。

よくこんなに様々な釘が落ちているものだ。

もう一人は、パンツの絵を描いていて、これまたユニークで楽しい。若い人と話していると自分の中に積み重なったおりが消えてなくなる気がする。

ほんとうに沢山の人々に世話になった。会期の始まる前から最終日の整理まで、私は来てくださる人と話をするだけで裏方の仕事は、みな友人知人、館のスタッフが引き受けてくれた。

飾り付けにくらべ、後片付けは簡単に終わった。親しい人だけで、中華料理店で打ち上げをする。

パリの展覧会のため、日本から飛んで来てくれた若い友人たち、ウィーンに住むオペラ歌手夫妻やベルリン在住の奥様たち、有難かった。

筒描きを蒐めて来てほんとうによかった。私の趣味は、パリで立派に日の目を見たのである。

真剣にやったあとにはごほうびを

パリでの筒描き展にも、私は、自分へのごほうびを準備していた。前々から滞在したかった知人の中谷礼子《なかたにれいこ》さんのカンヌ郊外の別邸を訪れることだ。

ニース空港には中谷さんとお嬢さんが出迎えてくれた。お嬢さんの運転でカンヌを通り越して十四、十五分で別荘地「ポール・ガレール」に着く。

ファッション界の帝王、カルダンを中心に文化人、芸術家たちが中心に開いた所だけあって、自然の石や植物を生かし、一軒一軒が二階建てや三階建てで、そのセンスの良さに唸《うな》らされる。

彼女の家は海に面した崖にあり、灌木《かんぼく》の中の小径を降りていくとプライベートビーチに辿り着く。

私たちはゲストハウスを借りて二泊し、レストランやプールサイドで食事を共にした。

朝は部屋に続く広いヴェランダで軽食をとる。地中海は海のそばでもカラッとして、心地好い。

日本の海のように肌にまとわりつく湿気がなく、匂いもない。地中海には海藻がないからだと聞いた事があるが、ほんとうだろうか。

部屋にもどるとヴェランダで大きな音がして、皿がテーブルから落ちていた。カモメがパンをさらっていったのだ。

昼間、カンヌのマルシェへ買物に行く。生きのいい魚や野菜、チーズ、香辛類、オリーブ油などが溢《あふ》れ時を忘れる。

その魚市場で鯛《たい》を少し大きくしたような地中海名物の魚に出会った。夕方から岬の先端に建つ有名なレストランへ食事に行くとその魚の料理が出た。

夏の太陽は、いつまでも昏《く》れない。

九時頃になってようやく闇が迫り、対岸のポール・ガレールのあたりに一斉に灯がまたたき出した。

翔んでるくらいがちょうどよい

「個」を大切に生きる人々

パリの人たちは実によく喋る。

朝から晩までカフェに陣取って、特に夏場のいつまでも明るく昏れない夜を楽しげに語り明かす。

男も女も、そして老いも若きも。

若い人たちは当然なのだが、年を重ねても実に元気だ。女性たちも、政治、経済、社会、文化と知識欲旺盛で、自分の意見をきちんと持っている。日本との大きな違いは個が何にも優先している所である。

もともと日本で生まれ育っていても、途中から仕事や結婚でフランスに渡る。そして見事に個を身につけていく。

日本では、群れの中に身を沈めている方が無難で、目立つとやられる。欧米、特にフランス人は個がないと生きていけない。

ある時、フランスの雑誌記者が私の所にインタビューに来た。なぜだかわからなかったが、彼女は言う。

「あなたのような個人は日本人には珍しい。どうやってそうなったのか聞かせて欲しい」

フランスでは当たり前の事が日本では珍しいらしい。

私は、子供の頃から体が弱く一人でいる事が多く、自分で考え自分で決めることが一番大事だと思っている。

そのせいかフランスにいると居心地がいい。

「私は私でいいんだ」と自信が持てる。

今回も二人の八十代の日本人女性に力をもらった。なにしろ明快で話していると面白い。翔んでる女なのだ。夫も亡くなり一人暮らしなのに、楽しげに自分の道を歩んでいる。

パリが生んだ素敵な女

一人は、フランク淳子さん。八十歳は過ぎているが若々しく、抽象画を描き続けている。銀座の画廊で時々展覧会が開かれ、水球のような宇宙を感じさせる気持ちのいい絵を見に行って親しくなった。

パリの私の展覧会でも友人の美術関係者を誘って何度も来て下さった。さっそうと車を駆《か》って迎えに来て下さり、シャルル・ド・ゴールという地名のお宅に伺って趣味豊かな部屋で手作りのレモンパイをおいしくいただいた。

亡き御主人が勲章を受けた時の洋服を出して来て見せて下さる。

御主人はベルナール・フランクさんという日仏文化交流につくした学者であり、日仏学院の院長もしていた。書棚には彼の著書、日本の古典などが並ぶ。

同じアパルトマンには息子さん夫婦とお孫さんもいるが、原則は一人暮らし。二年前に大腿骨《だいたいこつ》を骨折したことがある。手術後、リハビリに来てくれたフランス人の若い男性がとても可愛かったという。

日本ではこちらが病院に通うのだが、フランスの場合、自宅まで来て、日常生活につき合ってくれる。車椅子を押し、手をとって優しく接してくれるので彼が来るのが待ち遠しい。「可愛いのよ」と言う淳子さんの顔は紅潮して少女のようだ。

「いいなあ」と思う。私も骨折で理学療法士に世話になっただけに、家まで来てもらえたらどんなにいいだろう。生活しながら治す事が出来る。仄かなときめきも体を早くよくしてくれるはずだ。

淳子さんはいったいどこを骨折したのかと思うほど、元気に歩きまわり、少し時間があると、様々な展覧会を見にゆく。

私の展覧会に来るフランス人も、ていねいに見て、質問する。その文化度の高さに感心させられる。かつての日本も決して負けてはいなかったのだが、戦後アメリカナイズされ効率化一辺倒、経済優先の価値観に変わってしまった。

もう一人加藤雅子《かとうまさこ》さん（二〇一六年逝去）も八十代であった。夫は、加藤一《はじめ》という画家、前身は日本の競輪選手である。

私はJKAの会長の時、加藤一さんの絵と出会った。絵描き志望だったが、家庭の事情で競輪選手にはなったけれど、夢を諦められず、いつか夢を叶えたいと考えていた。チャンスがやって来たのは、国際的な自転車競技大会がパリで開かれた際だ。彼は、選手として参加し、終了後日本に帰らずパリに残った。確信犯だったのである。光と風がテーマの抽象画は私も大好きだが、パリで仕事をしていた雅子さんと結ばれ、ガンで亡くなるまでアトリエで描き続ける。そのアトリエには一台の自転車が今も飾られていた。

夫亡きあと、六階のアパルトマンの隣には娘夫婦がいたが、雅子さんは一人暮らしをしていた。私たちのために二度もお宅で日本食を作って下さった。その会話の楽しい事！ファンになった若い男性の音楽家のために真紅のバラを贈り、メッセージを書き、その話をする時は、少女のように頬を染めていた。

翔んでる女二人、パリが素敵な女を生んだ。加藤一さんの作品は、伊豆修善寺にある自転車のベロドロームの一画にコレクションとして飾られている。

七十の手習いのフランス語

もう一度学びなおす

パリの展示と講演のために、フランス語を始めた。

講演の頭に、挨拶《あいさつ》をフランス語でぜひやりたい。大学時代にかじった事はあるが、しばらく御無沙汰していた。

コンセーヌ・ローラン先生の許《もと》に週一回通うことになった。パリの展覧会が決まってからだから、半年位前になる。これを「泥縄《どろなわ》」というのだろう。

始めてみたら楽しかった。早稲田大学時代フランス文学や映画に凝っていて、日仏会館に通っていた事を思い出した。

第二外国語もフランス語を選択し、成績は良かった。英語は苦手だが、フランス語の音楽的な所が好きで、勉強もした。

その頃が不思議によみがえってくる。再び勉強するうちに単語も少しずつ思い出すから不思議だ。

ローラン先生からは、発音がいいと褒《ほ》められる。喋る職業をやっていたせいだろうか。日本人には難しいと言われるRの発音も出来るようになった。

講演会での挨拶文は先生と相談しながら、私のパリへの思いを入れることにした。そのせいか、挨拶の内容はおおむね好評であった。

二百人入る階段状のホールで話したが、出来れば着物を着て欲しいという要望があった。

あまり乗らなかったが、結果として着物にしてよかった。白地に黒の稲穂のような線が斜めに入ったシンプルな絽《ろ》の着物に、帯は朱の濃淡の渦巻き状の夏帯。

フランス人は着物が好きだ。やはり着物で正解だった。挨拶も無事終わり、すばらしい通訳に助けられて講演を終えることが出来た。

ロビーでのパーティにはワインと軽食も出て、来て下さった方々と歓談することが出来た。持参した『藍木綿の筒描き』（暮しの手帖社）の写真集もあっという間に売り切れた。なんとか気持ちを通い合わせることが出来たのも、ローラン先生のおかげである。

パリには鴉《からす》がいない

帰国して再びローラン先生の許に通い出した。フランス語が好きな事を確認し、これを機会に少しでも上達したいと思ったからである。

しかし本格的に始めてみるとその難しさに直面した。相手の言う事も早くなるとわからない。フランス人は早口で喋りまくる。

半年前に簡単に思えたのは何だったのか。

やはり目の前に目的がぶら下っていたからだろうか。

喋ろうとするとフランス語の前に、英語が浮かんでくる。中学生以来ずっと勉強させられた英語の方が少しは身についていることに気がついた。

しかし始めたからには意地でも続けることだ。月に二回は最低でも学ぶ。

このところ本を書く仕事に追われてなかなか勉強するひまがなく、折角のレッスンの時間を有効に使うことが出来ない。

レッスンに乗れないと、行くのが楽しくなくなる。そこで一計を案じて、何か一つ私の興味のある事について話すことにした。

その一つが、パリの鴉であった。

「パリには鴉がいないんです。郊外に行けば見かけることはありますが、パリではまず見かけません」

ローラン先生が言う。

ほんとうだろうか。パリは多くの人々が住む大都会である。アラブ系やアフリカなどからの移民も多い。

街角や道路沿いに、ゴミを入れる大きな箱が置かれ、巨大なゴミ収集車が走っている。日本と比べてゴミが散っている所もあり、それを狙って鴉が来ないとはとうてい信じられない。

しかし、確かにパリで鴉を見かけた記憶はない。鳩や、地面を歩く小さな黒い鳥はよく見かけるが、鴉はいただろうか。

もしいないとすると、なぜなのだろうか。生態系の問題なのか、徹底的に撲滅作戦が展開されているのか。

調べておくとローラン先生が言っていたので、その次のレッスンで聞いてみた。

「なぜいないかわかりましたか」

「それがねぇ、パリの新聞によると、最近は郊外にしかいなかった鴉がパリ市内で見かけるようになったそうです」

そうか、パリにも鴉が居つきつつあるか。

「カラス、なぜ鳴くの。カラスは山に可愛い七つの子があるからよ」「夕焼け小焼けで日が暮れて山のお寺の鐘が鳴る……カラスと一緒に帰りましょう」

童謡に唱われるように日本でも、もともと鴉は山にしかいなかったのだ。

名著の舞台をめぐって

デュラスへの思いが通じた

フランスの作家で、一番身近に感じるのは、マルグリット・デュラスである。一九九六年まで生きていた事もあり、学生時代、その作品を本でも映像でも多く親しんだ作家である。『木立の中の日々』『辻公園』『アンデスマ氏の午後』などの小・中篇が好きだ。『愛人』などは有名ではあるが、何気ない日常の中の描写に心奪われる。

映像作品も多く、日仏会館などで上映されるイメージの世界に何度も迷い込んだ。

映画になったものが多く、『二十四時間の情事』という岡田英次《おかだえいじ》の出た作品は、『ヒロシマ・モナムール』という原題で知られている。原文の著書を、フランス人の自転車の監督として日本に来ていたフレデリック・マニエ氏からもらった。私がＪＫＡ時代に知り合ったが、お土産《みやげ》の一つがデュラスの本だった。彼は三島由紀夫《みしまゆきお》の本を愛読しており、私がデュラスを好きと言ったのを憶えていてくれたのだ。『ヒロシマ・モナムール』の映画のヒロインだったエマニュエル・リヴァという女優は印象的だった。

パリに行き始めた最初の頃、セーヌ川河口、ノルマンディ近くまで出かけ、オンフルールなどの避暑地に行った事がある。

車での日帰りだったが、三月末の海辺は閑散として、遠足の子供たちの姿しかなかった。湿気の多い日本では考えられぬことだが、海に沿って砂浜に続く木製の道があり、その道を歩いていくと、土堤の上にいくつもの館《やかた》が見えた。その一つが『失われた時を求めて』のプルーストが住んでいた事があるという。

その館を目ざし、庭をながめていると、この館には、デュラスも晩年に暮らしたと説明書きがある。そういえば、最後の作品『デュラス 愛の最終章』が映画化され、ジャンヌ・モロー扮《ふん》するデュラスが若い愛人とノルマンディの海辺に暮らす場面があった。けんかをした夜、デュラスが彼の荷物を窓から砂浜に向かって投げ捨てる場面が心に残った。

そのモデルとなった館が目の前にある。この館の四階がデュラスの家で、今も息子さんが住んでいるという。普通は入れぬ所を、住人の女性が通りかかり、私の話を聞いて一階ロビーに入れてくれた。一階のホールもたしか映画には出て来た。

思いは通じるのだ。偶然デュラスの晩年の家に行きつくとは……。

憧れの大女優に出会った

そして私の展覧会のあった二〇一四年、これも偶然のことながら、デュラスの生誕百年であった。パリに住む友人が、それを記念した催しがあると調べておいてくれた。

私が滞在する六月には、演劇が二つ、一つは『辻公園』であり、もう一つは『サヴァナ・ベイ』。都合の合った『サヴァナ・ベイ』に行く事にした。

夕刻、まだ明るい日の中をモンマルトルの麓《ふもと》にあるピギャールの、小さな劇場へ。今まで、オペラ座などの音楽会には何度か出かけているが演劇は初めてである。言葉がよくわからないから敬遠していたが、席に着いてしばらくすると年老いた女優が出て来た。次いでその姪を演じる若い女優。年老いた女優の回想から始まって、彼女が若く女優として活躍していた頃、住んでいたサヴァナ・ベイでの話である。

ある朝一人の男がその海で行方不明になった事件がある。少しずつ昔の日々を思い出しながら話は展開する。

時々言葉がわかる程度では細かい所まで伝わらないが感激した。その老女優がすばらしかったのである。若い頃の回想では頬が紅潮し楽しげで、今の自分との落差が大きく出る。

その女優の名前に、憶えがあった。どこかで聞いたような。友人の話で、彼女はかつて『ヒロシマ・モナムール』のヒロインを演じたとわかった。若き日に私が見ていた『二十四時間の情事』のエマニュエル・リヴァだったのである。興奮さめやらず、私たちはピギャールのカフェに陣どって夜更《よふ》けまで語りあった。

言葉はわからずとも十分通じたのだ。老女優の演技と感情、そしてデュラスの魅力。二〇一四年の私のパリ暮らしの中でも大きな出来事だった。もっと言葉がわかるためにフランス語を続ける決心も出来たのだ。講演会の挨拶の中でも、私はフランスの好きなものの一つにマルグリット・デュラスをあげていたのだった。

第4章

自由に働くためには、ごほうびが欠かせない。

大きな仕事が終わると、私は、自分にごほうびをやる。『家族という病』を書き下ろし校正をすませ、あとは本が出るばかりとなった二〇一五年三月末、キューバへ出かけた。八日間の決して長いとは言えない旅だが、以前から行きたかった所であり、そこに暮らす人々に触れ、貧しくとも健気な生き方に心動かされ、元気になって帰ってきた。

帰国してみると、拙著は発売直後からベストセラーになっていた。こんなこともあるのだ。

覚悟を決めて、自分をさらけ出した本なので、疲れがたまっていた。その対症療法としては最もふさわしい場所であったと思う。

海外に出かける事が、一番の気分転換になることはわかっていた。

その間の仕事を片づけて行かなければならないので、寸前まで重くるしい気分なのだが、飛行機に乗ったとたん、解放されて、飛び立った時の気分といったらない。

「ざまぁ見ろ！」という言葉の後に、

「浮世のバカは起きて働く……」などと下品な言葉をつぶやきたくなる。

他人様が忙しく働いている時に旅をし、遊び、他人様が休んでどこかへ出かける正月やゴールデンウィーク、夏休みなどは、家でしこしこと原稿を書く。自由業だからこそ可能なのだ。

組織に勤めたこともあるが、何が苦痛かといって、他人に管理されるほどいやな事はなかった。

自由業の良さは、自分で自分を管理出来ることである。時間もお金も心も。

誰もしばってくれるわけではないから、自分で自分をしばっておかなければ、いくらでも自堕落《じだらく》になっていく。一日中寝ていても、遊んでいてもいいとなると仕事などしない。自分で仕事を決めて、自分でスケジュールを立てて履行する。

私は自分で決めた事には忠実である。

終わったら息ぬきと気分転換、一度解放して次の仕事に向かうのだ。

ずっと心にあった地へ

憧れの地へ行くチャンス

キューバはずっと心の中にあった。チェ・ゲバラとカストロの主導したキューバ革命が深層にあった。

独立後政権を握ったバティスタ政権の腐敗に立ち向かった革命は、一度は失敗するが、一九五九年一月一日、市民たちの協力を得て成功した。

私が大学生時代の事で、その印象は強烈だった。

チェ・ゲバラの夢追い人とも言える、革命への夢、その憂愁を含んだ風貌も相まって、ファンになっていた。

日本のファッションリーダーの一人コシノジュンコさんのファッション・ショーで見

た、キューバで募集したモデルのはちきれそうな肉体の美しさと、原色を中心としたファッション。

きわめつけは、映画『ブエナ・ビスタ・ソシアル・クラブ』に登場する老音楽家たちの演奏するキューバ音楽にしびれた。

キューバへの誘いは以前からあった。私が現在会長を務める日本旅行作家協会とキューバ大使館とは交流があり、私も何度か港区にあるキューバ大使館で歓談し、三回のキューバ旅行が組まれた。

私は当時組織（ＪＫＡ）に勤めていたので、残念ながら出かけることは出来なかった。

そして二〇一五年、三月三十一日から八日間の予定で四度目の予定が組まれ、この機会をのがしてはと、ともかく出かけることにした。

総勢十人、旅行作家協会のメンバーもいれば、その友人たちも加わって羽田から、カナダ航空でトロントへ。

そこで同じカナダ航空に乗り換えてキューバの首都ハバナまで、乗り換えを入れて約十五時間の旅であった。

キューバが変わってしまう前に

キューバは革命後アメリカと国交を断絶しており、経済封鎖は続けられ、アメリカを通ってキューバへは行けなかった。マイアミから海をはさんで目と鼻の先、アラブ人人質《ひとじち》を収容していた時の扱いなどが国際問題となったグァンタナモ基地がある。

歴史上の大事件で核戦争の恐れもあったキューバ危機でも知られている。

アメリカを経由せずに、もっとも早く便利なのがカナダ。メキシコ、ヨーロッパからも直行便がある。

私たちがキューバ旅行を決めて一週間後位に、突然アメリカとキューバの国交回復が進んでいるとのニュースが流れた。

フィデル・カストロは健在だったが、実権を弟のラウル・カストロに譲っていて、任期あとわずかとなっていた、アメリカのオバマ大統領との間で内密に話が進められていたとの事。国交回復で、あっという間にアメリカ資本がなだれ込み、今のキューバ独得の文化と風土は失われてしまうかもしれない。

その直前だったのだ。なんとタイミングの良い事、私たちは変化する寸前のキューバに足を踏み入れることが出来たのだ。

サルサなど独得のラテン音楽を生んだキューバ、南国の青い空と海に囲まれて貧しくとも健気に明るく生きるキューバの人々に会えるのだ。

嬉しかった。夏には雨期もあるが、二十三〜二十四度の最適の季候。乗り換えての十五時間は少々体にきついかと思いの外《ほか》、期待の方が大きくて疲れは感じない。

トロントから三時間、まだ冬の名残をとどめるカナダから、避寒のために休暇をキューバで過ごす人々にまじって機上の人になる。

実はその冬出かける所として三ケ所の候補があった。あとの二つのうち、一つは大地震があったネパールに仏教遺跡を訪ねる。そしてもう一つは砂漠の王国「オマーン」。こういう時は、なぜか私のカンは冴えわたる。

ネパールは、高地であり、山の近くまで行くには、馬に揺られたり強行軍もやむを得ない。そしてオマーンは大使館がたまたま私が今原稿を書いている部屋の窓から斜め下に見える場所にあり、時々パーティに誘われる。

石油の豊かな王国であり、かつて日本人女性が王妃だったこともあり、フランスの植民地だけあって清潔で美しい国だという。私は砂漠が好きなのでぜひ行ってみたいのだが、中東が大きく揺れている時期だけに二の足を踏んだ。

そしてキューバ、なんと正解であったことか。こんな歴史的瞬間直前に訪れることが出来るとは……。

眼下に真っ青な海が見えて来た。カナダ・エアは降下を始める。ハバナ空港は目前だ。空港には私たちを迎えるバスが待っているはずだ。今キューバは観光でもっている。アメリカの観光客もわざわざ他国を経由してこの近くて遠い国を訪れているという。

私を惹きつける人

クラシックカーが似合う国

革命広場には、爽《さわ》やかな風が吹いていた。

巨大な空間を囲む内務省などの建物の壁には、一方にチェ・ゲバラ、その他に革命や、キューバ建国に尽くした人が描かれている。

空は広く、ぬけるように青い。

桜に似たピンクの花が咲く。

ネムの木の並木、その前の道路に並ぶのは、黄色、オレンジ、ピンクなど鮮やかな色をした大型のアメ車。アメリカでも見られなくなった古き良き時代の大型車である。シボレーやリンカーン等実際に使われているのだ。

タクシーもクラシックカーばかり、異次元に迷いこんだかのようだ。私たちのメンバーの車好きもこのクラシックカーがお目あてであった。

中古で部品もないと思えるのだが、手作りだったり、上手に今の部品を取り入れて、トヨタハンドルのアメ車もあるという。

観光客を乗せた大型バス。私たちの乗っているのもその一台で、すべて中国製である。このバスで、滞在中ずっとキューバ国内を走るのだ。ガイドは年輩の女性でスザンナという。日本語が流暢《りゅうちょう》というわけではないが、その言葉のはしばしに、教養が感じられる。

最近まで、大学で教えていたという彼女は、私たち旅行作家協会のために特別に、キューバ政府からアテンドされていた。

何を聞いても自分の考えを入れながら話の出来るインテリである。愛想はないが、私たちは彼女の説明に十分納得した。

当時アメリカとの間で進んでいた交渉についても、キューバ人の間でも賛成が半分を越えていたが、彼女は、やはり市民革命を起こしたキューバの志《こころざし》を持ち続けたいと思っているようだった。

人々の心の中で生き続けるゲバラ

革命成功後、産業大臣を務めたゲバラは、キューバの再建を盟友カストロにまかせ、自身はアフリカに渡り、貧しい人々の医療に尽くす。ゲバラはもともと医師である。そして他の国でやはり市民革命を起こそうとしている人々を助けるために、その身を投げ出す。キューバを去るに当たってのカストロへの有名な別れの手紙は感動的だ。

そしてボリビアの革命を助けにゲリラ活動をしている最中に殺される。同志たちと一緒に。

全身傷ついたゲバラは、敵に向かって、自分を殺せと自ら言ったという。ガイドのスザンナの説明だ。今もキューバの人々の心の中にゲバラは生きていると感じる。

どこの売店にもゲバラの赤いTシャツを売っていて、私も一枚と思ったが、あまりにゲバラの顔が大きく印刷されていて、それを着る勇気がない。小さく顔の入ったディザインはすでに売り切れていた。

ゲバラが人々の心の中に、神聖化された存在であることを強烈に感じたのは、ゲバラ廟《びょう》を訪ねた時の事だ。

戦うゲバラの巨大な彫刻のある町の近くにゲバラの骨を入れたゲバラ廟がある。

ここでは帽子や持ち物を預け、写真撮影も不許可。ひんやりとした石作りの廟の中はそっと通り過ぎるだけだが、正面の壁の中央にゲバラの像、そのまわりを共に最後まで行動した三十数人の顔が彫られている。

ゲバラの骨は、死後、方々から集められたが、全部は見つかっていない。

三十数名の骨も安置されているというが、彼等は死後もゲバラを囲んで守っているのだ。

中央のゲバラ像に花はないが、囲りの三十数人の一つ一つの区画には、一本ずつ真紅のカーネーションがあった。

うす暗がりの中で、鮮血のように生々しい。

私はその前を通り過ぎながら、最後まで夢追い人であり人々と共にあったゲバラに心の中で手を合わせた。

廟の隣にあるゲバラの記念館には子供の頃からのゲバラの写真があった。

幼い子供の頃、家族に囲まれた写真、医学生の白衣を着た姿、そして革命時の戦うゲバラ、アフリカで難民と共にある写真。ゲバラは読書家で、いつも本を読んでいるか、文章を認《したた》めているかで、革命家のイメージとちがう静かな一面がうかがわれた。

戦いのさなかの一瞬、そのような時間が彼にとってどんなに幸せだったろう。

私は、石川啄木《いしかわたくぼく》の「ココアのひと匙《さじ》」という詩を思い出した。

〝われは知る、テロリストのかなしき心を——

言葉とおこなひを分《わか》ちがたき
ただひとつの心を〟

ゲバラの表情は、どれも憂愁に満ちている。「夢追い人」の心の中をのぞいてみたい。

精悍《せいかん》だが、人間の哀愁を感じさせるゲバラの表情。多くの人々が彼に惹きつけられるのは当然である。

ほんとうの豊かさを考える

子供と老人が幸せな国

街中で一際高い立派なビルがある。何かと聞いてみると、ほとんどが病院であった。キューバの医療と医者は世界的に有名で、そのために訪れる人も多い。ゲバラも医者であった。彼等の進めた革命は、今日医療費と教育費がただという結果をもたらした。社会主義の原点でもあるこの二つの施策は、きっちりと受け継がれている。

人々は安心してその人に合った医療を受けて暮らす。ハバナ中心街のとある一階の入口から中が見えた。

「入ってみますか」とスザンナにうながされて薄暗い空間に足を踏み入れると、数人の男と女が椅子に坐っていた。診療を待っているのだ。具合いの悪い人々が最初に訪れる家庭医だ。

ここで相談し、次の段階として専門のクリニックを訪れる。その上で必要となれば、大病院で診察を受け、手術したり治療に専念したりする。外国から研修にくる生徒も多く、アフリカのコンゴなどにはゲバラのつくった病院もある。

老人と子供が生き生きしている国という私の印象は、年をとっても安心して医療を受けられるせいだと思う。

もう一つ印象的なのは、子供たちの表情が明るく可愛いこと。街角で見かける小学生らしき子供たちの制服も色とりどりで笑い声が絶えない。

病院と並んで広くて立派なのが、学校である。教育費も一切かからないから、子供たちは自分の才能を生かして好きな道に進める。

医者になる人も多いが、音楽的才能を生かして音楽の道に進む……。キューバの人々には独特のリズム感があり、音楽の聞こえない空間はない。

身体能力を生かして、バレリーナをめざす女子、そして大リーグで名高い野球だ。有名選手たちはキューバ出身者が多い。

教育費のかかる日本などから考えると、子供たちがのびのびしているのも当然と思えてくる。

豊かさとは何なのか。効率が良いことや、お金があることではないはずだ。誰もが安心して自分の才能を生かせる国、平等に教育や医療の恩恵を受けられる国の事ではないのか。

今の日本のようにますます金持ちと貧困層との格差がひろがっている国が、はたして豊かと言えるのだろうか。

庶民の粋《いき》な心意気

キューバで見聞きをしたことを帰国後、フランス語の先生に話したら、彼はこう言った。

「フランスも医療費と教育費はただですよ」

「え?」と私は驚いた。

毎年パリに出かけていて、全く知らなかった。

「だから移民が多いんです」

なるほどと感心した。中近東をはじめフランスの植民地だった場所から多くの人々が渡ってくる。

「ということは、フランスも根底は社会主義なんですネ」

「そうです。フランスも市民が革命を起こした国ですよ。だから市民の権利は守られているんです」

表面的には、フランスは資本主義国のように見えるが、シラク、ミッテラン、サルコジ、オランド等、歴代の大統領は替わっても基本線は守られている。私は無知を恥じた。日本のような国に住んでいると、目先の効率に目を奪われて、生活の根源を忘れてしまう。

そういえば、キューバもフランスと同じラテン民族である。

一見どこへ行っても音楽に溢れ、楽しげに見えるその人たちが、かつて命を賭けて勝ち取ったものがあるのだと感じさせられた。

明治は、日本における革命だったと言われるが、徳川幕府が崩壊し、天皇制が復活し、官僚制度が根付き、庶民は相変わらず置き去られていた気がする。

むしろ江戸時代の方が人々は貧しくとものびのびと暮らし、独得の文化を生んだ。

私がパリで展示した筒描きをはじめとし、浮世絵、落語、歌舞伎、今、私たちの身のまわりにある文化の礎《いしずえ》は江戸期に生まれた。

食物にしても今の寿司は江戸期に「早寿司《はやずし》」と呼ばれるファーストフードとして登場し、うなぎやどじょう、身近な食文化も江戸庶民の生んだものなのだ。江戸の人々にはお上に支配されない心意気、すなわち粋の精神があった。

敗戦という時代を含めて、日本にはほんとうの意味の自分たちで勝ち取った市民革命は、なかったと言えるのではないだろうか。

〝ほどの良さ〟と心の豊かさ

物がなければ、知恵を出す

ここまで書いてきたキューバの暮らしを見るといいことばかりのように見えるかもしれないが、もちろん不便なことは沢山ある。

決して経済的に豊かとは言えない国で、アメリカからの経済封鎖が続いていたわけだから人々の暮らしは、特にインフラの部分で行きとどいているとは言えない。

まず、夜は暗い。住宅街などメインストリートでない所は、うす暗く、日本のような明るい外燈はない。

それでも犯罪率は少ないというから、貧しくとも心は満たされているのだろうか。

出発前の説明会で停電も多いし、水が出ない事もあると聞かされていた。

幸いにも、ハバナのホテルではそういうことはなく、無事お湯も出た。

ところが、バスで地方都市へ出かけた時の事、二、三時間行った海辺のホテルでは、シャワーを浴びようと思ったらお湯が出ない。お湯どころか水も出ないのだ。

水道の故障らしく、夜まで水を溜《た》めているというので、ショーなどを見て部屋を離れ、再びもどった時も、やはり水は出ない。汗も流したいし困ったなと思ったが、出ないものは仕方ない。

こういう時、私は諦めが早い。

若い時からアラブやアフリカなどに出かけているおかげで、そういう時の過ごし方がわかっている。

ここは日本ではないのだ。日本ほど便利な国はない。旅というのは他の国へ出かける事だ。

その国に置いてもらっているのだから、そこの国に合わせるべきなのだ。いらいらしたり、怒ったりするのは間違っている。

のんびりと、その国のテンポに合わせていれば、気にならなくなる。

風呂にも栓《せん》がなく、ガイドのスザンナに相談したら、穴にビニール袋をかぶせてみたらとすすめられ、うまくいった。

物がなければ、あるもので知恵を出せばいい。

キューバの人々はその知恵を持ち合わせて、持ち前の陽気さで笑って過ごしているのだろう。その気持ちの方が大切なのだ。

与えられたものの中で暮らす

町へ出て、マーケットへ行ってみた。ここも国営である。

入口にごろんと積み重ねられている巨大なパン。豚肉。中へ入ると野菜や果物が豊富だ。しかし魚類は少ない。

レストランなどでも魚料理はほとんどなく、オマール海老などは名物料理だが、他の魚は食べないのだろうか。まわりを海に囲まれているというのに。

『老人と海』でヘミングウェイが描いたように、漁師もこの国に多いのだが。

食事は、豆の入ったごはんなど、米を使ったものも多く、長いパサパサした米ではなく、日本人には食べやすい。スペイン語圏でもあり、スペイン料理のパエリアなどは美味であった。

雑貨も売っているスーパーマーケットへも行ってみたが、こちらには様々なものがあり、シャンプーや石けん、蜂蜜《はちみつ》など、何を買おうかと考えて、蜂蜜のシャンプーと、アボカドのシャンプーを買った。

一緒にいた人の中に食品会社の社長がいて蜂蜜を二十数個も買い込んでいた。キューバの蜂蜜は良質だという。不純なまじりものがなく、有機栽培である。他の食物についても化学肥料はほとんど使うことがないという。

人々は天から与えられたものの中でのんびり暮らしている。

日本のように日々新しい商品に追われ、あっという間に、ビルが建て替わり、昨日までそこに何があったかを忘れてしまう社会に住んでいると、何とものどかで、心がほどけてくる。

日本は、豊かさの限度を超えてしまった。

「もういいよ」と思う。

戦後すべてが焼失し、そこから這い上るには速度も必要だったたし、食物にしても飢《う》えからの脱却は急務だった。

そのために努力した結果、人間の欲望は果てしなく、不必要に便利で効率的な社会になった。

世界一速いリニア・モーターカーや、日本一高いタワーなど必要だろうか。

〝ほどを知る〟ことも大切だと思う。

ヘミングウェイが愛した国

丘の上に立つ邸

キューバが気に入ったヘミングウェイは、この地に邸を作った。書いたのが、『老人と海』である。

はるかに海を見下ろせる丘の上にあるその家は、当時のままに保たれている。書斎もリビングも、寝室も、中に入ることは出来ないが、入口はあいていて、中が見渡せる。白や紫のつる草のような花が囲んでいる。

別棟には、五十匹いた猫の部屋もある。キューバの猫は、みんな細身で美しい。その姿をヘミングウェイはどんなに愛した事だろう。

プールの隣に、海に出た時の船も保存してある。多くの友人たち、中にはエヴァ・ガードナーなど女優も多かったとか。

ある時、エヴァが、全裸でこのプールで泳いで、さて服を着ようと探したが、見当らず、堂々と裸でもどって来たとか。

ヘミングウェイの奥さんが嫉妬からか、隠してしまったのだとか、まことしやかな話も聞いた。

ヘミングウェイの若い頃からの写真がある。若い頃の葉巻を銜《くわ》えた写真、誰かに似ている。そうだ、作家の西木正明《にしきまさあき》さん。友人でもあるので、帰国後そういったらすっかり喜んでくれた。

『老人と海』はこの邸で書かれた。

すぐそばに住んでいた年老いた漁師がモデルだと聞いた。記念館にはヘミングウェイの肖像画にまじって、この漁師の写真がポストカードになっていた。

実にいい顔だ。海で最後まで何日も闘った巨大なマグロ、その魚に深い友情を抱きながら闘う描写が見事だ。

私は『老人と海』をバッグにしのばせて、飛行機の中で読んでいた。

ヘミングウェイは、キューバでホテルにも住んだ。ハバナにあるそのホテルのヘミングウェイが滞在した角部屋からは真っ青な海が様々な角度で見えた。

町の中には、ヘミングウェイ行きつけのレストランやバーが残っている。私たちも昼食をそこでとったが、折悪《おりあ》しく停電になってしまった。壁にはぎっしりと訪れた人々のサインがある。隙間《すきま》を探したがその場所がない位だった。

モヒートを飲み、豆ごはんを食べ、やっと電気がつくと、例によって演奏家たちがやって来てキューバ音楽を奏《かな》でる。

彼等は演奏を終えると必ず、自分たちのCDを持っていて売り歩く。それぞれの演奏が面白く、彼等への礼はチップだ。

キューバはチップ社会でもある。それが収入になっているので、うっかり忘れると失礼にあたる。

今のままでいてほしい

街中の建物は鉄柵のあるしゃれたものが多く、バルセロナの町にいるような気がしてくる。スペインの影響は各地に見られる。

様々なもようの鉄柵は美しい。特に、世界遺産に指定されている東部の町の劇場や淡いベージュやピンクを使った壁、ベンチで休憩する人々、広場の真ん中にはバオバブの木がある。

囲りの店々では手作りのレースを売っている。紋様が素朴で私も土産に買い求めた。

観光地としてもこの国は最適だ。カナダなどからは、ハバナを経由せず直接地方都市に入る便もある。ホテルも完備している。

時々の不便さえ気にしなければ、キューバは出来るだけ今のままのキューバであって欲しいと願うのは、まちがっているだろうか。

ヘミングウェイの愛したキューバ、その片鱗《へんりん》があちこちに残っている。

キューバを去ったヘミングウェイは年をとってから自ら銃で自殺してしまう。

今もキューバの人々は、ヘミングウェイを慕《した》って、銅像などゆかりの地に沢山建てている。

私はその記念館で、キューバと書いた小さな砂時計を親しい人のために買った。そして自分のためにも。

キューバはさとうきびと葉巻で名高い。岬では芸術的とも言える美しい葉巻を売っているし、どこからか葉巻の匂いがしてくることも多い。

畑の多くは、さとうきび畑。高い所から見ると一面のさとうきびである。

そのジュースをヘミングウェイの邸の外で飲んだ。

土地の人が、さとうきびをそのまま簡単なキカイに入れて生のジュースを作ってくれる。甘すぎて、飲みやすくはなかったが飲み切った。

ごほうびは決して忘れない

遺跡から庶民の力を想像する

冬場の旅と言えば、忘れがたいのはカンボジアとラオスの旅だ。これは何のためのごほうびだったのか。今となると、ごほうびの方だけ憶えていて、本来の仕事が何だったのかを思い出せない。ということは、私にとってごほうびの方が大きく、そのために仕事をしているという不まじめな事実が歴然としてくる。

二〇一一年のことだ。と考えると、ようやく合点《がてん》がいった。あれはＪＫＡの会長を六年間務めてやめた後だったに違いない。そのためのごほうびだったか。勤めている間は、遊びのために休みなどとれないはずだから。

カンボジアとはいっても、プノンペンではなく、世界遺産の遺跡、アンコール・ワットの所在地の近くに、直接入った。アンコール・ワットには以前から行ってみたかった。私たちの世代では、原田康子《はらだやすこ》の小説『挽歌』のキーワードになっているのが、このアンコール・ワットの写真集である。

カンボジアに井戸を掘り、学校をつくり、援助を続けている知人の誘いだったが、彼のおすすめはアンコール・ワットそのものではなく、タイとの国境の山の上にあるアンコール・ワットよりさらに三百年古いプレアヴィヒアへ行こうという提案だった。ついでにアンコール・ワットにも行ける。

私の胸はおどった。

アンコール・ワットは、予想を超えて広大な遺跡で、いくつもの異なった特徴を持つ遺跡に分かれている。そのまわりをかこむ濠《ほり》、どんよりした夕昏れ、ぼんやりと巨大な夕陽が水に浮かんでいた。夜食事を終えてそこを通りかかると、今度は、満月が浮かんでいた。アンコール・ワットに満月はよく似合う。

密林の樹々がからみついたままの遺跡では、樹々を乗り越えて神殿に向かう。こんな広大な巨大なものを代々の王朝が作り出した。現在残されている遺跡を見に行くと、たいていが、かつての権力者の栄華のあとである。庶民がそのために汗水たらした歴史は伝えられてはいない。

私が半年住んだエジプトは、ギザの三大ピラミッドにしても、ヨーロッパの城の数々にしても権力者のものであった。庶民の歴史はその陰に小さくなっている。観光客も権力者の力のあとを見るために、出かけるのだ。しかし権力者が金にあかせ、人々の力を結集させて作りあげたからこその美でもある。私たちは、権力者ではなく、その礎となって作りあげた庶民の力を遺跡から想像して見るべきだろう。

そこへゆくと、キューバは市民たちの革命という力で残されている国だ。キューバの解放的な楽しさは、息苦しい権力者の遺跡とは別物である。

時を想い出すためのお土産

アンコール・ワットを見終わって、いよいよお目あてのプレアヴィヒアへ。虐殺で知られるポル・ポト政権の拠点であった町を通りすぎ、三時間ほど車で揺られ、そのまま山を駈け上った。神聖な山であるだけに長い階段が続くのだが、いまだに地雷が埋まっている恐れもあり、そこを迂回してゆく。

プレアヴィヒアは、アンコール・ワットよりずっと素朴で、岩を積み重ねただけの洞《ほら》があり、多分そこには巫女《みこ》など神に仕える者たちが上ったのであろう。

頂上からは、タイ、カンボジア両国がながめられ、タイの方がはるかに近いことがわかるが、当時はまだ、タイ側から上る道は閉ざされていた。この地は、国境の紛争の絶えない地域だ。私たちが通った道も、カンボジアに貢献している知人の力で特別に許可が出たのだという。

帰り道その知人の案内で、協力している学校を見学。小学校の全校生徒が集まってくれ、その目はキラキラと輝いていた。

カンボジアの後、ラオスに飛ぶ。ラオスの世界遺産の町ルアンプラバンは、フランスの植民地だけあってメコン川沿いのしゃれた町である。その土地で織られた絹織物は美しい。かつてラオスを訪れた友人がくれた麻の織物は、水上生活者の所に行かねば見当たらない。

絹織物は、その色といい柄といい美しく、何軒も続く手織りの店を一軒ずつ見て歩く。

そこで自分のためにスカーフを求めた。

何といってもここでの楽しみは、どこまでも続く、夜の市場である。食事をすませ、のんびりと見て歩くだけで楽しい。各地から集まった手造りの工芸品の数々、もちろん食物もある。

私は何度も行きつもどりつ思案の末、ベッドカヴァーを買った。色の美しいものもあるが白地にグレーだけの布を編みこんだ飽《あ》きの来ぬものだ。

メコン河に面した夜、ふと寒気を感じこのベッドカヴァーをかけて寝た。

今も私の部屋にあの夜の楽しさをもたらしてくれる。

土産は他人のためでなく自分のために買うものだ。なぜなら、その時を想い出せるのは私しかいないからだ。

何歳になっても夜遊びはやめない

午後に働き夜は遊ぶ

夜十二時すぎ、マンションの入口で、同じマンションの住人である奥様に出会った。相前後して、タクシーで入口に到着したのだ。

「夜遊びしちゃった！」

と彼女が笑う。

「私もよ」

その女《ひと》は、美しくおしゃれで、可愛げがある。

同じマンションの同じエレベーターを使うので、時々エレベーターで会って言葉をかわす間柄だ。

「今夜は歌も歌っちゃった」

と言う。私も歌は大好きなのでしばらく会話がはずむ。

私はその夜、音楽会に出かけた後、そのホールの隣のホテルで食事をして帰宅したのだった。

「夜遊び」その言葉にはなんとなくなまめかしさと罪悪感がある所がいい。

私は夜遊び大好きである。夜はたいてい遊んでいる。よほど追い込まれていないかぎり仕事はしない。

では仕事はいつしているかというと、原稿を書く仕事は、もっぱら午後である。午前中は九時か十時に起きてゆっくり新聞を読む。お昼前後ちょっとニュースを見て、午後一時か二時からが仕事本番である。六時か七時頃まで原稿を書いて、あとは自分の時間である。

音楽会に行く。芝居に行く。句会に出かける。様々だが、ともかく遊んでいる。外に出かけない時は、本を読んだりＣＤを聞いたり、これもまた仕事ではない。

かつては、夜も仕事をした。お酒を飲んだ後でも原稿位書けたし、適当に空いた時間に遊んでいた。しかし今は、一日のうちに息ぬきと楽しみをつくっておかないと、続かない。

夜仕事をしていた人々も、年とともに朝型に変わる人が多いのだが、怠《なま》け者の私は、どうしても朝早く起きられない。翌日早いと思うだけでなかなか寝つけないし、寝不足だと頭がまわらない。

頭だけは睡眠で十分に休めなければいけないとなるとやはり午後に仕事が集中する。午後にも講演や委員会、理事会などの外に出かける仕事が入るから、そんな時は原稿は持ち越しになる。その予定を頭に入れて執筆する。

ただし、一冊書き下ろしなどがある場合は一気にやってしまいたいので、一ケ月〜一ケ月半は、物を書く事が中心の生活になる。

それでも、夜は遊んでいる。遊んで英気を養《やしな》って次の日につなげる。

「忙しいでしょう」

と言われるが、いったん出た本は、勝手に動いていくので、それに伴う取材や出演はあっても、それほどペースは変わらない。

相変わらず、夜は遊んでいる。

友人と演劇を楽しんだ夜

劇団四季の新演目、『アラジン』の招待日に出かけた。誰もがよく知る「アラジンと魔法のランプ」をもとにした芝居で、華麗で楽しい演出だった。踊りも歌もさすが長年培っただけに見事なものだ。

出演者には初日前の特別公演だけに、まだ緊張感が見られたが、それがかえって心地好い。

私は「四季」がアヌイやジロドゥの文芸物を主としてやっていた、学生の頃からNHK時代によく見ていた。

多くのミュージカルを手がけ興行としても立派に成功させた、演出家であり四季の主宰者でもあった浅利《あさり》慶太《けいた》氏（二〇一八年逝去）の御苦労を思う。

それが実を結んだ歳月を思って感無量だった。

私が毎回四季の公演に行くようになったのは、広報に近しい女性がいたためである。彼女はポーラ化粧品の広報から劇団四季、そして彼女に手伝って欲しくて来てもらったJKAの広報。二人でいろいろPR戦術を考えた。私がJKAをやめても、彼女は『ペダル』というすてきな機関紙を作り、しばらく在籍していた。

久しぶりに『アラジン』を汐留《しおどめ》の電通四季劇場「海」で一緒に見て、終演後、食事をした。

彼女はお酒を飲まないのだが、イタリアンの値《ね》のはらない銀座の店で語り合った。銀座のきれいどころやホステスさんが客につれられて来ていて賑《にぎ》やかだったが、その一団が去ると我々二人、心ゆくまで話が出来た。

そのレストランは三時までやっている。十二時過ぎにまた、銀座勤めの女性が客と共にやって来る。

タクシー乗場も珍しく長蛇の列、やっと乗りこんで時計を見ると〇時四分、マンションに辿り着くと〇時三十分、また「夜遊びしちゃった」。

好きなもののために働く

昼と夜を使い分ける

年を重ねると、夜出歩くのをやめる人も多い。同級会だの同窓会だのも、昼になり四時や五時頃になる。私たちＮＨＫアナウンサー三五期の同期会は、みな仲が良く、最近まで、泊りがけで出かけたり、東京では夜やることになっていたが、昼に行うことになった。最近は参加する人々も一人二人と減っていくのは淋しい。

「あなたは元気だね」と言われるが、それはあくまでマイペースで好きな事をし、無理をせず、遊んでいるからだと思う。夜遊びを拒否せず、上手に昼と夜を使い分けているせいだろう。昼は仕事、夜は遊び、朝は寝ている。

夜遊びのメインは何かというと、私の場合オペラかコンサートである。特にオペラは時間がかかる。ワーグナーなどは、五時間位かかるもの、それが数日つづく『指輪』のような演目など疲れはするが、達成感がある。

さすがに最近は、連日は疲れるので、長いものを見たあとは、数日出かけない。

なぜワーグナーの演目が長いかというと、一説によると、ワーグナーは、自ら脚本も書き作曲するので、自ら書いたものをカット出来なかったからだという。

確かに他人のものは、カットすることが出来るが、自分のものは愛着があって自分ではカットしにくい。原稿の場合も全く同じである。この秋には大好きな『トリスタンとイゾルデ』があるので聞きに行くが、これも結構長い。

最高のものを聞きたい

私はある時期「オペラのために働いている」と言っていた。子供の時からオペラ好きで藤原《ふじわら》オペラなど高校時代によく見ており、砂原美智子《すなはらみちこ》、大谷洌子《おおたにきよこ》などのプリマドンナ、藤原義江《よしえ》氏のすばらしいテナー、軽井沢大賀《おおが》ホールを私財を投げ出してつくり、ソニーの社長でもあった大賀典雄《のりお》氏の歌手だった時代も知っている。

私自身オペラ歌手になりたくて、芸大出身の女の先生に習っていた。あの華やかな舞台……。椿姫やカルメンのアリアを憶え、一人で白布を体にまきつけ、バラをくわえて鏡に向かって歌っていた。

自分の体が小さくて向かないことがわかってからは、もっぱら聞き役にまわってきた。聞き役としては最高のものを聞きたい。NHK時代、イタリアオペラで幻のシミオナートやモナコを生で聞いている。

今は引っ越し公演を楽しみにして、ミラノのスカラ座やニューヨークのメトロポリタン、ウィーン国立歌劇場など、どの位聞いてきただろうか。引っ越し公演は、歌手、オケ、舞台装置まで、すべて来るわけだからお金がかかる。一番良い席となると、五、六万円は当たり前。しかしどうしてもいい所で聞きたい。音がちがうのだ。五、六万の席を買うには、日頃から働いておかなければならない。私はオペラのために働いているのだ。

アメリカではオペラ等は、スポンサーの寄付によって成り立っている。私の友人もその一人だが、一年に四十五万円払えばトイレもレストランも別扱い。席は優先的にとれ、ドレスリハーサルはただで見られる。私は彼女のおかげで、二階正面の個室で係員つきで見ることが出来た。やはりお金はかかっても、オペラは優雅に見たい。学生ならば、天井《てんじょう》桟敷《さじき》も悪くはないが。日本もそろそろそういう制度を考えていいと思うのだが、折角出来た新国立劇場　オペラなどでは引っ越し公演すら行われる事がない。

オペラを中心に、一年に、一、二回行われる引っ越し公演のために私はお金を使う。三大テナーなど追っかけもしたが、今はアンナ・ネトレプコ、ルネ・フレールなどソプラノのお目あてがいる。あとは、気に入ったシンフォニーや独奏会など。

一番好きなホールは、サントリーホールである。ただここは広さの関係で、オペラが出来ない。出来るのはホールオペラのみ。ホールオペラなど新機軸のオペラはここで見たいが。オペラを見るのは日本では、上野《うえの》の文化会館かＮＨＫホール。ＮＨＫホールは多目的なので、ほんとうはふさわしいとは言えない。上野は少々遠い。ほんとうに楽しめるふさわしいホールがなかなかない。

アメリカではメトロポリタン歌劇場を中心にコンサートホールが同じ地域に集中している。ミュージカルも一ケ所にいくつもある。東京はバラバラでなかなか難しい。やはり文化行政については遅れているとしか言いようがないのだ。

第5章

老いも死も、
初めてだから面白い。

初めて出会うものは、何でも面白い。

マイナスイメージのものであろうとも。面白がる気持ちを持っていれば落ち込むことはない。

老いも死も、初めての経験であり、面白がる要素はいくらでもある。

老いという言葉は、ちょっとばかり淋しい。本の題名には、極力避けてきた。ところが、

「一度ちゃんと向きあいなさい。老いを通りすぎるためにも……」

海竜社の下村社長から言われた。逃げるのをやめて、『老いの覚悟』『老いの戒め』(海竜社)という本を出した。

向きあってみると決して「老い」とは、いやなものではなく、若い時にはない、味わい深いものである。

若い時には、今のような感じ方も、物事の理解も出来なかった。

死もまた、体験した事のないものだ。

科学的に考えれば、思考する頭も、五感もなくなってしまうのだから、すべて終わりかもしれない。

それだけと私には思えない。一時的に失われたり、眠ってしまっても、いつか目覚め、息を吹き返す気がする。

一人が失われても、次に生まれるものがあり、枯れた草花も、春になると忘れずに芽吹いてくる。

永遠の営《いとな》み、めぐりの中にあって、私はどこかに生きつづけるだろう。おめでたいと思われてもいい。自然界を見ていれば、その輪廻《りんね》を信じることが出来る。

だからこそ、消滅させてはいけないのだ。生きとし生けるもののために。原発事故や、原子・水素爆弾など人工的なもので破壊してはいけないのだ。二度と芽生え、生まれ変わることのないほんとうの絶望と死を人間が作り出す罪を犯してはならない。

一番大事な事以外にはこだわらない

「それがどうした、なんぼのもんじゃ」

年を重ねるごとに、私は陽気になる。なぜか、こだわることがなくなってきたからだ。自分が一番大切にしてきた事にはこだわるが、それ以外はどうでもいいのだ。

若い頃にはこちこちに身を固め、角を出して外敵に備えていた。

と言うと私をほんとうによく知る友人たちは口をそろえる。

「そんな事ないわよ。昔から、恐いもの知らずで、傍若無人《ぼうじやくぶじん》、ちっとも変わっていない」

開き直っているところがあって度胸がよく見えたらしい。

それでも重い鎧《よろい》を着ていた。自分で自分をしばっていた。早く脱ぎすてたいと願いながら、それが出来ず、無心になって人にとけこむ事が出来なかった。人とコミュニケーションの出来ない自分にいら立つことばかりだった。

物を書くようになって、一枚ずつ脱げるようになってきた。少しずつ自分をしばるものから自由になってきた。

『家族という病』がベストセラーになった理由はわかっている。今まで見せた事のない自分をさらけ出した。

それが多分、読者に響いたにちがいない。

年を重ねたことも基《もと》にある。これまでの年月、自分で考え、自分で選ぶことをやってきて、ある種の自信がついた。

親とはなれて自分一人を自分で養う自信もついた。年をとることは、ほんとうの自立をやってきたかどうかを問われることでもある。

その意味で後悔はない。

権力や金を持っている人でも、うなずけない事には、

「それがどうした、なんぼのもんじゃ」

と言える。

恥も外聞もなく権力や金をひけらかす人が日本にも多くなった。

かつての日本人は、どこかに恥じらいを持っていたものだが、それをかなぐりすてて、これでもかこれでもかとのさばってくる。

そんな時、私は正面きってけんかするのもばかばかしいから、一人で呟いている。

「それがどうした、なんぼのもんじゃ」……と。

そう言えば気が軽くなる。権力者や金の亡者のバカさかげんがおかしくなって笑ってしまう。

避けるべきものは避ける

怒る前に笑ってしまうのは必ずしもいいとは限らない。

社会の出来事に怒れなくなるのは老化の症状でもあるから、青くささを忘れてはいけない。

私は、本質的には過激なところがある。

友達から指摘されることもあるし、『家族という病』についても、過激だという評もあって、まだ刃が錆《さ》びていないかと嬉しくなった。

若い頃、仲がいい友達から言われた事があった。

「あなたは、折角真剣に話をしているのに、『まあね』と言って逃げる所があってずるい」

そう言われれば、どうでもいいと思うと「まあね」と言って話を打ち切る。それ以上議論しない。私にとってどうでもいい事には乗らない。

大切なほんの少しの事以外はどうでもいいのである。

そう思うと「まあね」と言って打ち切る。

話しても平行線だったり、価値のちがいについては、仕方がないと思うので、つい「まあね」と言ってしまう。

年を重ねてからは、「まあね」の回数は減って人の話をよく聞くようになったが、苦手な人とは最初から会わなくなっている。

自分の気の合う人や心地好い人と会話してばかりいるのはよくないとは思うけれど、上機嫌を保っておくためには、近づかないに限る。

特に仕事、私の場合主に原稿を書く仕事だが、いざ本番と原稿用紙に向かう時は、絶好調に持っていっておかなければならない。

おやつを食べるのも、電話で友人と喋るのも、散歩をするのも、気分をそこへ持っていくための下準備なのだ。

年をとって変わった自分に満足する

写真の年齢はごまかせない

老いがあらわれるというよりも、若さが一番あらわれるのは、写真である。最近の写真だけを見ているとあまり感じないのだが、若い頃の写真を見ると、「若いなあ！」と感心する。

「いったいあなたはだーれ？」

と言いたいほど別人である。十年前でもちがう。原稿を書いている前には、単衣《ひとえ》を着て片手を髪に、斜め左上を見ている写真がある。

たしかＮＨＫをやめて、民放のキャスターになった時、「週刊文春」のグラビア用にとったものである。三十過ぎのあの頃の事を良くも悪くも忘れないために、目の前に置いてある。

目はくっきりした二重《ふたえ》で深い大きな目である。最近のように時折、左目が一重《ひとえ》になってしまうこともない。首は細く、あごの線はくっきりしている。

全体に今よりほっそりしている。四十キロあったかどうか。今はちゃんと四十七キロあるから、太った事はまちがいない。特にJKAの会長時代は車がついていたから歩かない。会議で坐ってばかり、馴れない仕事でストレスは溜まる。夜は会食で仕事がらみだから楽しんではいない。と動く事が少なかったので、一生でもっとも多い五十キロ近くになった。

その後もの書きにもどって、出来るだけ歩くことを心がけ、電車にも乗ることを義務づけていたら、四十六〜四十七キロにもどってそのままきている。

ずっとやせていたので五十キロ近くは体が重かった。四十キロはやせすぎだったので、今位がちょうどいい。鍼《はり》の先生によれば、長年の治療で胃下垂《いかすい》が治ったらしい。

写真の年齢は隠せない。隠そうとも思わないが『老いの戒め』の着物の表紙を見た知人が、「いいぐあいに年をとりましたね」と言ってくれたので嬉しかった。私自身は昔の写真より最近の写真の方が、中味が感じられて好きである。

きれいに年をとる人になりたい

映画『ゆずり葉の頃』に主演した八千草薫《やちぐさかおる》さん（二〇一九年逝去）を見たが、あの可憐《かれん》さがむしろ強くなっていた。

私は、宝塚時代の八千草さんを見ている。娘役のトップスターで、いつも春日野八千代《かすがのやちよ》とコンビを組み、「王昭君《おうしょうくん》」など可憐で美しい姿が目に染みついている。

その頃と感じはちっとも変わらない。今の方が、可憐さと恥じらいを感じさせられる。

年をとって感じがきれいになる人と汚《きたな》くなる人と大きく分かれる。肉体的な美しさではなく、精神そのものが出てくる。美智子《みちこ》上皇后の優しさと賢明さは、今の方がはるかに優っている。私もそうありたい。

かつて黒柳徹子さんが言っていた。

「テレビに出るなら、出続けなきゃだめよ。間があくと見ている人は、あら老けたわネって思う。ずっと出ていると、見ている人は一緒に見ることで目が馴れていて、年をとったとは思わない」

たしかにそうかもしれない。私などテレビ屋から始まって、途中で物書きになってテレビを離れ、この頃また出演すると「あら老けたわネ」と言われているかもしれない。昔にはなかったものが加わっていると、私自身はおめでたくも信じている。黒柳さん自身は、いつも可愛い上に常に出続けているから、言う事はない。

年をとったと思うのは、お酒の量が減ったこと。

女流酒豪番付、前頭二・三枚目を毎年張っていた面影《おもかげ》はない。あまり飲まないので昔を知る人は、「どこか悪いの?」と言うが、そうではなく、次の日に持ち越さぬよう気をつけているだけだ。

二日酔いの辛さは耐えられない。年相応の飲み方がある。

好きな日本酒は、今もよく飲むし焼酎も嫌いでない。

ワインも白をよく飲んでいたが、最近は赤が好きになった。好みは変わるのだ。

コーヒーが駄目で紅茶一辺倒だったのが、今はコーヒーが大好きになった。カレーも胸やけして食べられなかったのだが、大好物になった。

若い頃より何でも食べられるようになって健康になったのだろうか。

年をとるのも悪くはない。

感覚は昔とほとんど変わらないが、理解力は格段に上がった。

構えて喋ることも書くこともなく、自由に素《す》の自分でいられるので、今の方がインタビューやキャスターも余裕を持ってやる事が出来ただろう。

年を重ねた今の自分に、私はある程度満足しているのだ。

あの世という知らない世界にワクワクする

人生の締め切り

目の前にあるのは死という締め切りである。それに向かって書いていく。困ったことにその締め切りがいつだかわからないのだ。

私の寿命がいくつまでなのか。先のことはわからない。DNAを辿ってみると、父方の祖母は九十四、母方の祖母は九十三……、と女は長生きである。しかし母はというと、八十一歳で死んでしまった。脳こうそくだったが、心臓もわるく、高血圧、糖尿も少しあったと思う。若い時から健康に自信があったから、年をとるまで、ほとんど医者にかからず、無理をしたのだろう。若くして大地主の一人息子と結婚してすぐ、夫は結核にかかり七年間看病にあけくれ、再婚後娘の私が小学生で二年間結核に病み、そして夫が老人性結核で療養所通い。看病にあけくれて自らを顧《かえり》みるひまもなかった。

八十一歳でも不思議はない。母の八十一歳をすでに過ぎ、すべき事は決まっている。頼まれている単行本は四、五冊ある。その他日の目は見なくとも、フィクションを三篇は書きたい。

四十年以上やっている俳句を一冊の句集にまとめたい。

私の好きだった叔母の九十二歳というのが次のリミットだ。今の状態ではその辺まで生きるだろう。いや義母は百歳だったし、百歳も珍しくない事を考えればあるいは……、という事もありうる。

今までは十年単位で、最近は五年単位で計画を考えてきた。しかし締め切りは先へのびそうなので、目は前方に向けておきたい。

死が締め切りというのもはたしてどうだろう。死という区切りはあるにしても、感覚としては、その先へ続いていくような予感がある。としたら逆算して考えるのはやめよう。

今から前へ先へ目を向けている方が私らしい。おめでたく区切りなど考えないで……。

天命を信じて、宇野千代《うのちよ》さんではないが「生きて行く私」という風にこれからの自分の行方を見つめてやろう。そう考えると嬉しくなる。

一度も経験したことがない未来に向かうのだ。

あるがままに生きるしかない

九十歳はどんなだろう。百歳になったら何を考えているか、その先は単々と……。

あの世があると信じているわけではないが、私という肉体はなくなっても、精神は、しばらくの間ふわふわと空を飛んでいて、そのうち入りこむ体を見つけて合体する。私の若い友人にニカさんというアーティストがいる。不思議な女《ひと》で、ある媒体を通じて、目に見えないものを映し出す。映像として映し出すと、まるで妖精のように飛んでいる。目には見えないが、そういうものが私たちのまわりを常に浮かんだり消えたりしているのだ。

私はそうした現実とも幻想ともつかぬ間を浮遊しているのが好きだ。ニカさんは、彼女自身妖精のような人で、詩も書くし、目に見えない映像を追っている。

まだ経験したことのない世界が待っている。

二〇一五年に亡くなった詩人の長田《おさだ》弘《ひろし》さんは、その詩の中で言っている。

「死は言葉を喪《うしな》うことではない。沈黙という／まったき言葉で話せるようになる、ということだ」（『死者の贈り物』みすず書房より）

その沈黙の方が強く人の心に訴えることが出来るかもしれない。

今私たちが持っている言葉で表現出来なくなっても、ちがう方法があるかもしれない。

それがどういうものなのかわからぬだけにワクワクする。

現世では沈黙ととらえられるものが、あの世では必須の表現手段になるのかもしれない。

さからうようなことはしたくない。来るべきものに身をまかせていれば、きっと次の世界が開けてくるだろう。

天寿を全《まっと》うしたと言われる人の死顔は穏やかだ。若くして死神に連れ去られたり、自ら命を絶った人は、苦渋《くじゅう》に満ちた顔をしている。私もずっと若い頃には自死を考えた事もあるが、今はあるがままに生きていくしかない。

死という初体験にきちんと向き合う

臨死体験の話を聞いて

死後の世界とは？　様々な文学者や哲学者が想像して詩や作品を残している。

宗教の世界でもあの世の描き方は様々である。

子供の頃、天国と地獄があるという事は、大人から教えられた。天国とは仏教では、蓮《はす》の花の上に仏様がおわす美しい世界である。

地獄とは、閻魔《えんま》大王が審査をして、地獄に落ちると炎熱地獄をはじめ、様々な苦痛を与えられる。みな現世での行状が審査の対象となるという。

芥川龍之介の『蜘蛛の糸』では地獄に落ちた男が、細い蜘蛛の糸を頼りに天国に登るが、その後をついて登って来た人々をけ落して、自分もまた地獄に沈む。欧米でも天国・

地獄の考え方はあるが、日本の場合は現世での勧善懲悪《かんぜんちょうあく》に主に使われている。

死んで再びもどって来た人はいないが、死線をさまよって帰って来た人は何人もいる。

その人々を訪ね、臨死体験を聞いて、『臨死体験』（文藝春秋）などの著作のある立花《たちばな》隆《たかし》氏。その立花さんが中心となったＮＨＫのドキュメンタリー番組を見たことがある。

臨死体験を聞くといずれも同じような風景が見えてくる。

自分の頭は、肉体を離れて空中にあり、横たわる自分を見つめている。

自分のまわりは、実に美しく、花々が咲き乱れている。そこまではどの人もほとんど同じである。

川の向こうから、人々が手を振って呼んでいる。大声で名を呼ぶものもいる。

人々のいる向こう岸まで帰りついた人は、生き帰り、大声で呼んだのは、肉親、友人、知人など……。たしかに五感で最後まで生きているのは耳だというから、大声で呼びもどす事は大事と言えるかもしれない。

こうした話も、昔から言い聞かせられた先入観として残っていたものかどうか、私には体験がないのでわからない。

川をはさんで、彼岸には、両親をはじめ亡くなった親類や友人が並んで迎えていたという話もある。

しかし私は、自分が体験するまで、そのどれも信じずに初体験を楽しみたいと思う。

まっさらな心と体で死という時を迎えたい。

私の好きな三橋鷹女《みつはしたかじょ》の句に、

「白露《しらつゆ》や　死んでゆく日も帯締めて」

がある。正装して初めての体験に向き合いたい。

死者の町を訪れた時

もう一つ、私がエジプトに半年滞在した時に経験した事がある。

ある日、ナイル川沿いに泣き女を先頭に葬列が続いた。八階から見下ろしていた私はメイドのナジーラに聞いた。

「あの人たちはどこに行くの？」

「クンロクンロ、エル・マデーフェン」

全部死んだ人は、死者の町に行くのだという。私はなんとかその町へ行ってみたいと思い、ナジーラと運転手のモハムッドに、エル・マデーフェンに連れていってほしいと頼んだ。

二人は困った顔をしたが、十日後に、実行してくれた。ナジーラの父母もモハムッドの先祖もエル・マデーフェンに葬《ほうむ》られているという。私は単なる墓地を想像していた。

「ここです」と言われた場所は、毎度空港の行き帰りに、ながめていた所だった。不思議な雰囲気に満ち満ちていて、何だろうと思っていた。

低いコンクリートの町は道路をはさんで砂漠側へどこまでも延びている。

入口から車で砂ぼこりの道を走るとそこは、現世の町と同じである。

少し小ぶりなだけで、モスクもあれば、普通の平屋がいくつにも区切られていて、キッチン、居間、寝室。生きている時と同じである。エジプトでは、死後も同じ暮らしをするので、全く同じ建物やモスクが用意されている。死者はここで生前と同じように暮らすのだ。

「おや？」と思ったのは、建物の中に人影を見つけたからだ。一人ではない。子供も老人もいる。家族だ。よく見るとテレビのアンテナも立っている。ナジーラの説明によると、この死者の町に住んでいる人たちがいるという。

近隣諸国から逃れてきた難民がここに住みついて町を作っている。

住所は「死者の町」。死者が生活する町で、生きている人たちが同居している不思議でほほえましい光景であった。

死ぬ時はお気に入りの場所で

旅先で死を意識する

「畳の上で死にたい」と言う人がかつては多かった。自分の家で親しい人にみとられてということだろう。

私には、そうした希望はない。むしろ旅先で、死に場所を探していることが多い。「ここはどうだろう」「いやこっちの方がふさわしい」と気に入った場所を探している。

「死をもてあそんではいけない。バチがあたる」と言われそうだが、死を楽しんでもいいのではないか。暗いイメージも払拭《ふっしょく》される。

今一番気に入っている場所は、シチリア島の「エーリチェ」という町、海抜七百メートルを一気に上った所にある霧の町だ。海に面しているので、年中海霧《うみぎり》が覆っていて、切れ目からまっ蒼《さお》な海がはるか下にのぞいている。町全体が石畳で、石の門を入ると独得の模様の石畳が縦横に走っている。細い道は、岬に向かい、横にいくつもの脇道がある。そこには、小さなブティックや、この町で織っているじゅうたんの店、レストランもあれば銀細工の店もある。

小さな町なので、宿も多くはなく、その日は泊まることが出来なかったが、午後から夕方まで過ごすことが出来た。その間中深い霧に覆われ、晴れ渡った日のすばらしい眺望を見ることが出来なかった。

九十九折《つづら》りの道の急カーブを車で昇り降りして、この岩山の上に出来た町は特別のものだと知らされた。それは、かつて宗教行事に使われた場所ではないかという。こういう岩山の急峻《きゅうしゅん》な高地に、巫女たちが存在したという伝説もある。

不思議な町を背景に、『シチリア島の夕べの祈り』というオペラも作られている。

井戸のある広場を背景に夕べの祈りの鐘が鳴る場面があった。

この町の印象は、一言で言って「石棺《せっかん》の町」である。

白く深い霧のヴェールに包まれた神秘の町、「エーリチェ」。

もう一度訪れたい。永遠の眠りにつく時、夕べの鐘が鳴り、かつての巫女たちが見守ってくれる中で息を引きとる。

この町から天は手がとどく位置にありそうに思える。シチリアを旅した時、深く心に刻《きざ》みこまれたのが石棺の町、「エーリチェ」であった。

サハラ砂漠の死の誘惑

もう一ケ所、死を意識した場所が、砂漠である。砂漠で遭難すると、砂に埋もれ干《ひ》からびて骨も砂礫《されき》になってしまう。

砂漠の死は過酷で甘美なのだ。

一度、サハラ砂漠の一端を走って、カイロからスエズ運河に行ったことがあった。つれあいは先に出発して、私はカイロ支局の運転手、モハムッドの車に乗って後を追った。

ところが途中で、オーバーヒートで止まってしまった。砂漠の中の横断道路には、行き交《か》う車が一台もない。困った。モハムッドは外に出て、後部からカンカンのような器《うつわ》を取り出して、水を探してくると言う。大砂漠の中のどこに水があるというのか。

外は灼熱の日が射している。彼は私に一本のきゅうりを渡し、喉《のど》がかわいたらこれをかじっているように言って、砂漠の中へ歩み出していった。

一人取り残されて、私は考えた。外へ出てはならないと言われているけれど、砂の上はどんな感じだろう。窓は熱風が入ることを防ぐために、ぴっしり閉まっている。車の中で息を潜めているのが一番涼《すず》しい事はわかっているが、ほんの一瞬なら大丈夫だろう。

私はそろそろと扉をあけて、砂の上に立った。優しい風が吹いている。砂漠の奥には、魔物が棲んでいて、そこからいつも風が吹いてくる。

「さわさわさわさわ」

風が砂と一緒になって、なま暖かい風が絶えず吹いている。「さわさわ」とはアラビア語で一緒にという意味である。

私は誘惑に抗《あらが》うことが出来ずに、砂の上に横たわりたくなった。車のすぐ横の砂の上に身を横たえると熱くはない。心地よい暖かさがのぼってくる。

体の上を通り過ぎる風……こんな心地よい瞬間があろうか。

そのまま砂の上で眠ってしまいたかった。蠱惑《こわく》的という言葉がぴったりの一刻、砂漠を旅する人は、こうやって命を落とすのだろう。

どの砂漠でも砂と一体になった風が吹いている。そのまま眠って死の世界に入りたい……。

その時だ。遠くから黒い点が移動してだんだん近づいて来た。モハムッドが帰って来なければ、私はあのまま永遠の世界に旅立っていたかもしれない。

来る者は拒《こば》まず、去る者は追わず

「私は私」と毅然《きぜん》とする

人間関係でストレスを溜めるほどばかばかしい事はない。ガンや不眠やウツや現代病のほとんどは、人間関係によるストレスだと言われている。

ストレスを溜めず天寿を全うすることが大事だ。人間関係は、友人、知人、家族、組織、どこにでもあり得る。人間関係がすっきりすれば、ストレスはずい分減って上機嫌でいられる。

ある程度の年齢になったら、嫌いな人とつきあうのはやめよう。仕事の場合は仕方ないが、それ以外は、会う機会を少なくすれば、イライラは減る。その調節をしなければならない。

「嫌われたっていい」と覚悟を決めるのも大切である。人に好かれたいという助平《すけべい》根性があると、人が気になる。人の噂《うわさ》、自分がどう思われているか、など気にしたって仕方ない。

別に嫌われたっていい。私は私なのだと毅然としていたい。媚《こ》びへつらっていると、いつまでも人の顔色を気にすることになる。

他人に迷惑をかけてはいけないが、それさえしなければ、自分の思う通り堂々としていたい。

人に期待するのもストレスの原因である。他人だけでなく、友人、知人、家族も含めて、自分以外の人に期待することはしんどい。期待通りになればいいが、まずそうはいかない。

いかないからといってイライラしたり、腹を立てたりしてもろくな事はない。ストレスが溜まるだけである。溜まり溜まって現代病の原因になる。

ガンまでいかずとも、ウツで仕事をやめる人も多い。私のまわりにも何人もいて、治って仕事をつづけて欲しいと願うけれど、結局はやめていく破目になる。ウツの原因を探ることは難しいが、人とつきあえなくなっていく場合が多い。拒食症、過食症なども多いし、ますます人間関係がうまくいかない。

去る人に理由を聞いても仕方ない

私の場合は「来る者は拒まず、去る者は追わず」がモットーである。

多くの人に会わねばならない職業だから、いちいち気にしていたら身が持たない。

親しくない人の場合は、通り過ぎれば、それで終わりだが、親しい人の場合には、いくら私でも気になる。

親切に向こうから近寄って来て、人一倍私の面倒を見てくれる人ほど、さっといなくなる。

そのいなくなり方は見事で、昨日までなにくれとなくそばにいて気を使ってくれていたのに、「どうしたの?」と言いたくなるほど、突然なのである。

理由など聞いても仕方ない。向こうがその気になったのなら追っても仕方ない。みじめになるだけだ。

今までに三人ほどそういう人がいた。一人は健康雑誌の編集者で、まだ喋る職業をしていた私をインタビュアーにして雑誌の対談をずっと続けて、私もある時は、妹のように思っていたが、突然来なくなったと思ったら、パッタリ連絡して来ない。

私が疲れたのではと、頼みもしないのに東洋医学の先生を呼んで来たり、装束を用意して祭に招いてくれたり、必要以上に親切な人は要注意だ。

次の人も編集者だった。仕事の出来る美人で私も信頼していた。母が亡くなる時も、運悪く発熱した私にかわって看病してくれた。いくら感謝してもしたりないのだが、その後姿を消した。

パーティなどで一緒になることがあっても、目を合わせないようにしている。私はあまり人に気を使わず、マイペースなので、失礼な事でもしたかと気にしていたが、同じ目にあった人がいると聞いて少しほっとした。

三人目は、もっとも信頼していた人だが、私が先生を務める教室を突然やめた。その人がいないと教室がまわらないほどみなが信頼し、私も頼りにしていただけに驚いた。個人的にも私の面倒をよく見てくれていただけに、ともかくその時の私の気持ちとそれまでの感謝の気持ちを心をこめて手紙に書いて送った。

まもなく彼女からもていねいな手紙が来て時間が出来たらぜひ会いたいと思っている。

教室での人間関係もあったらしくて、私はほっと胸をなでおろした。

一度縁のあった人は、一生大事にしていきたいと思っているのに、突然の行動に出あうと、面喰《めんく》らいながら、自分に言い聞かせる。

「来る者は拒まず、去る者は追わず」

さりげなくこの世を去りたい

死後の争いが起こらぬように

肉体を離れて、空中に浮遊している私が上空から現世をながめた時、どう感じるだろうか。汚《よご》れていると思うか、美しいと思うか。スモッグのようなものがかかって、下が見えないか。今まで身を置いた世界が美しいと思えたら幸せだろう。

しかし多分目にするものは、汚い部分が多いのではないか。多くは現世の欲が原因だ。権力、金にまつわる様々な事象……。具体的に言えば遺産相続。亡くなった人が上から見下ろす時生き残った人々が、亡くなった人の遺産について少しでも多くもらおうとする守銭奴の姿だ。

私のまわりでも死んだ人をめぐって遺産の分取りが始まった。仲の良かった兄妹もそのつれあいをまきこんで少しでも多くもらおうと醜《みにく》い争いが始まる。

うちではそんな事はありえないと言っていた家でも、必ずといっていいほど……。

亡くなる人は、お金や家を残してはいけない。子供がいようとも、自分たちで出来るだけ使い切って、残ったら寄付する。子供たちがあてにしないためにも生前からきちんとしておかなければいけない。

私とつれあいの間には子供はいないが、いや応なく残るものはあるだろう。私に子供がいなくとも、血を辿っていくというから、兄の子供やつれあいの姉妹に行く場合もある。それをなくすために遺言状を書くことにした。プライベートに書いてはいたが、公正証書という公的なものを作った。

私とつれあいと、どちらかが亡くなったら、もう片方が引き継ぎ、その人がどうするかを考えればいいが、問題は両方同時にいなくなったらどうするか。二人で旅に出る事も多いのでそれが問題だ。その場合は日頃から信頼する人に、全部売って寄付してもらうよう頼んだ。面倒な作業だが引きうけてもらってほっとしている。

これで、パリでもキューバでもどこへ旅をしても安心である。公正証書は、銀行に預けてある。

私の肉体から抜け出た魂が見下ろす下界の醜い争いは見ないですむ。心おきなくあの世に行って微笑をもって去って来た世界を見下ろすことが出来たら、その先の世界を楽しむ事が出来るだろう。

想い出の中で死んだ人を呼びもどす

「さりげない」という言葉が好きだ。さりげなく生きてさりげなく死んで、そして静かに微笑《ほほえ》みながら次の段階に進みたい。

生きている人々が私を思い出そうと出すまいと……。銅像やら自分の彫像を残す人がいるが、現世にとらわれているようで美しくはない。

私はさりげなく去っていくのみ。そして誰かが想い出してくれた時だけ現世に生き返るのだ。

このところ友人、知人、大好きな人たちがいなくなる。そのさびしさをまぎらわすには、その人を想い出すこと。出来るだけ長く友人同士で話したり、知人と電話したりつれあいとの会話に登場させたり。

その瞬間生き生きとその人が姿を現す。死んだ人は、生きている人の想い出の中だけに生きているという。ちがう世界に行ってそこの住人になっていても、その瞬間呼びもどされる。

私がこのところ、父や母、兄の話をし、死んだ人への手紙を書くのも、かつて生前にはつながれなかった人と、せめて少しでもつながりたい思いがあるからだろう。

私の死後、私を想い出してくれる人がどの位いるだろう。私はこの世に生きている人の邪魔はしたくない。青葉が濃くなる季節、枝々の間に腰かけて葉をゆすっている私に気付いてくれる人だけでいい。

夏のはじめ、藍色に深まっていく空をながめながら、ふと人恋しくて私らしきぼんやりとした輪郭を描いてくれる人がいたら幸せである。

私はというと、なぜか、父や母の夢を見ない。父には反抗の限りをつくしたし、見なくても当然だが、母は私を溺愛《できあい》し、私しかないような人だったから、夢も見ないのはあまりに薄情ではないか。

母が亡くなった時、目の前の屏風《びょうぶ》が取り払われた気がした。次は私だという想いが強くなった。

あんなに愛し、私にうるさがられても、私の事を知りたがった母はもういない。淋しいはずなのに、そよ風が吹いて涙は出なかった。

その時さとったのだ。母は、姿はないが、私の血管に入りこみ、血の一滴になったのだ。

私が涙を流したのは、他人《ひと》が泣いているのを見た時だけ。涙は涙を誘うのだ。

去っていった人が残してくれた出会い

新たな出会いの芽を育《はぐく》みたい

何人もの友人、知人を見送った。なぜか好きな人や大切な人が先に逝《い》く。最近不思議な縁に気がついた。亡くなった人は、私に新しい友人、知人を残していってくれることを。

一つの樹が枯れて、新しい芽吹きがある。自然界と同じように、時々、私の掌に新しい芽を握らせてくれて、去っていった人々……。

その人との出会いを考えた時、新しい芽を大切に育んで、私との間に花を咲かせたいと思う。

ジャーナリストのばばこういちさんが亡くなったのは二〇一〇年。私の住むマンションの隣の日赤医療センターの個室であった。

私がＮＨＫをやめて、民放の報道番組のキャスターを務めた時、ばばさんは私の相棒だった。12チャンネル（テレビ東京）をやめてフリーになった人で、私はＮＨＫをやめてこの番組をやる事になった。

彼は青くさい正義感のかたまりで、私とはしょっちゅうけんかしていた。本気で議論し、本気で腹を立てた。

特にうまくいかなかったのは生のＣＭである。スタジオで商品を前に二人でＣＭをせねばならぬのだが、二人共愛想がなく、媚びる事が出来ない。私はＮＨＫ育ち、彼は12チャンネルで持論をかざして反抗ばかりしていた。

急にニコニコしてお世辞など言えたものではない。今考えれば、言いたい事を言い合って面白かったと思うのだが、時代は早すぎ私たちは何度もスポンサーに謝りにゆく破目になった。

彼は男だからまだ許されても、なぜ女である私がとりなさないのか。心にもない事を言う位なら死んだほうがましと私は思っていた。

その番組は短命で終わり、私と彼は別々の道を歩み、彼はジャーナリストとして時の人を厳しく糾弾するインタビューなどやっていた。

そして何年も会わぬ日が続き、彼が鎌倉《かまくら》に住んで、糖尿病から透析を受けるようになって、私とつれあいとで何度か、鎌倉の家へ遊びに行くようになった。私はＪＫＡの会長をしていて、彼のプロデュースで彼が作った番組にスポンサーとしてお金を出す事になった。弱者の視点から作られたドキュメントは彼らしい作品だった。

それから間もなく入院、私は病院の隣に住んでいる事もあって何度か見舞いに行った。息を引きとるという日も、私はかけつけた。

亡き人が残してくれた縁

そこには、彼の今の奥さんと先妻、その娘、そして若い頃に結婚した時の娘たちがいた。

先妻の娘、堤未果《つつみみか》さんとは初対面だった。隣の男性は夫の参議院議員の川田龍平《かわだりゅうへい》さん。未果さんも父とは衝突ばかりして、彼女がアメリカ留学、就職という時も一度も会いにゆかなかった。そして臨終《りんじゅう》の床《とこ》で二人は会い、父としてもジャーナリストの先輩としても認めることが出来たのだ。

堤未果さんの仕事は、『ルポ　貧困大国アメリカ』（岩波書店）をはじめとして、『沈みゆく大国アメリカ』（集英社）などアメリカでの膨大な取材をして描かれたルポルタージュを中心に、硬派のジャーナリストとして確たる地位を築きつつある。すでにその仕事は父を超えたと言えるかもしれないが、彼女の中には確固として父のジャーナリスト魂が生きている。

それが縁で、未果さん・龍平さん夫婦と私とつれあいと四人で食事をした。新しい縁が出来た。ばばさんは私に若い尊敬出来る友人を残していってくれた。

食事の約束をしたが、選挙があったため、次の機会を約束した。

もう一人は、俳優三國連太郎《みくにれんたろう》さんの死とともにめぐり合った、歌手の山崎《やまざき》ハコさんである。

三國さんとは、鍼《はり》友達であった。文化大革命がもとで日本にやって来た中国人の胡位拉《コイラ》さん。西洋医学と東洋医学を学んだすばらしい女性だ。三國さんに紹介していただいて以来、全幅の信頼を置いている。

治療院の玄関に大きな男物の靴がある。「三國さんだ！」胸が高鳴った。晩年まで奥様と一緒に通っていた。あの深い声に酔いながら話を聞く喜び……。

三國さんの沼津《ぬまづ》の別荘にもお邪魔した。そこで知りあった画家とスタイリスト、そして亡くなったあと、三國さんが愛していた「ゴロワ」というフレンチで奥様をなぐさめる会を開いた時、隣に、目の大きな可憐な女性が坐った。私の前の席の編集者が「ハコさん」と呼んでいる。それでも気付かなかった。帰り際名札に「山崎」とある。

「あの山崎ハコさん？」昔よく聞いた声がよみがえった。

それ以来電話で話し、リサイタルに必ず行き、ハコさんの歌の題名ではないが、「縁《えにし》」を感じている。これも三國さんが仕組んだ事、空のどこかに激しさを秘めた三國さんの優しいほほえみを感じる。

切りとり線

★読者のみなさまにお願い

この本をお読みになって、どんな感想をお持ちでしょうか。祥伝社のホームページから書評をお送りいただけたら、ありがたく存じます。今後の企画の参考にさせていただきます。また、次ページの原稿用紙を切り取り、左記まで郵送していただいても結構です。

お寄せいただいた書評は、ご了解のうえ新聞・雑誌などを通じて紹介させていただくこともあります。採用の場合は、特製図書カードを差しあげます。

なお、ご記入いただいたお名前、ご住所、ご連絡先等は、書評紹介の事前了解、謝礼のお届け以外の目的で利用することはありません。また、それらの情報を6カ月を越えて保管することもありません。

〒101-8701（お手紙は郵便番号だけで届きます）
祥伝社　新書編集部
電話03（3265）2310
祥伝社ブックレビュー　www.shodensha.co.jp/bookreview

★本書の購買動機（媒体名、あるいは○をつけてください）

＿＿＿新聞の広告を見て	＿＿＿誌の広告を見て	＿＿＿の書評を見て	＿＿＿の Web を見て	書店で見かけて	知人のすすめで

★100字書評……老いも死も、初めてだから面白い

名前

住所

年齢

職業

下重暁子　しもじゅう・あきこ

作家。1959年、早稲田大学教育学部国語国文学科卒業後、NHKに入局。女性トップアナウンサーとして活躍後、フリーとなる。民放キャスターを経て、文筆活動に入る。公益財団法人JKA(旧・日本自転車振興会)会長等を歴任。現在、日本ペンクラブ副会長、日本旅行作家協会会長。『家族という病』『極上の孤独』(共に幻冬舎新書)、『人間の品性』(新潮新書)、『老いの器量』(海竜社)など著書多数。

老《お》いも死《し》も、初《はじ》めてだから面白《おもしろ》い

下重暁子《しもじゅうあきこ》

2020年7月10日　初版第1刷発行

発行者……………辻 浩明

発行所……………祥伝社《しょうでんしゃ》

〒101-8701　東京都千代田区神田神保町3-3

電話　03(3265)2081(販売部)

電話　03(3265)2310(編集部)

電話　03(3265)3622(業務部)

ホームページ　www.shodensha.co.jp

装丁者……………盛川和洋

印刷所……………萩原印刷

製本所……………ナショナル製本

造本には十分注意しておりますが、万一、落丁、乱丁などの不良品がありましたら、「業務部」あてにお送りください。送料小社負担にてお取り替えいたします。ただし、古書店で購入されたものについてはお取り替え出来ません。

本書の無断複写は著作権法上での例外を除き禁じられています。また、代行業者など購入者以外の第三者による電子データ化及び電子書籍化は、たとえ個人や家庭内での利用でも著作権法違反です。

© Akiko Shimoju 2020

Printed in Japan　ISBN978-4-396-11606-4　C0295

〈祥伝社新書〉
日本文化と美

201
日本文化のキーワード 七つのやまと言葉
あわれ、におい、わび・さび、道《みち》、間《ま》……七つの言葉から日本文化に迫る
作家 栗田 勇

580
大《おお》伴《ともの》旅《たび》人《と》 人と作品
「令和」の生みの親である大伴旅人の生涯を四期に分け、歌と共に解説
国際日本文化研究センター名誉教授 中西 進 編

336
日本の10大庭園 何を見ればいいのか
龍安寺《りょうあんじ》庭園、毛越寺《もうつうじ》庭園など10の名園を紹介。日本庭園の基本原則がわかる
作庭家 重森千靑

023
だから歌舞伎はおもしろい
今さら聞けない素朴な疑問から、観劇案内まで、わかりやすく解説
芸能・演劇評論家 富澤慶秀

337
落語家の通信簿
伝説の名人から大御所、中堅、若手まで53人を論評。おすすめ演目《えんもく》つき！
落語家 三遊亭円丈

〈祥伝社新書〉
「心」と向き合う

183
般若心経入門
276文字が語る人生の知恵
永遠の名著を新装版で。いま見つめなおすべき「色即是空」のこころ
松原泰道

204
観音経入門
悩み深き人のために
安らぎの心を与える「慈悲」の経典をやさしく解説
松原泰道

188
歎異抄《たんにしょう》の謎《なぞ》
親鸞をめぐって・「私訳 歎異抄」・原文・対談・関連書一覧
親鸞は、本当は何を言いたかったのか？
作家
五木寛之

076
早朝坐禅
凜《りん》とした生活のすすめ
坐禅、散歩、姿勢、呼吸……のある生活。人生を深める「身体作法」入門
宗教学者
山折哲雄

308
神（サムシング・グレート）と見えない世界
「神」とは何か？「あの世」は存在するのか？医学者と科学者による対談
東京大学名誉教授
矢作直樹
筑波大学名誉教授
村上和雄

〈祥伝社新書〉
歴史に学ぶ

366
はじめて読む人のローマ史1200年
建国から西ローマ帝国の滅亡まで、この1冊でわかる！
東京大学名誉教授
本村凌二

463
ローマ帝国 人物列伝
賢帝、愚帝、医学者、宗教家など32人の生涯でたどるローマ史
本村凌二

168
ドイツ参謀本部 その栄光と終焉
組織とリーダーを考える名著。「史上最強」の組織はいかにして作られ、消滅したか
上智大学名誉教授
渡部昇一

379
国家の盛衰 3000年の歴史に学ぶ
覇権国家の興隆と衰退から、国家が生き残るための教訓を導き出す！
渡部昇一
本村凌二

541
日本の崩壊
日本政治史と古代ローマ史の泰斗が、この国の未来について語り尽くす
東京大学名誉教授
御厨 貴
本村凌二

〈祥伝社新書〉
歴史に学ぶ

565
乱と変の日本史
観応の擾乱、応仁の乱、本能寺の変……この国における「勝者の条件」を探る
東京大学史料編纂所教授
本郷和人

545
日本史のミカタ
「こんな見方があったのか。まったく違う日本史に興奮した」林修氏推薦
国際日本文化研究センター教授
井上章一
本郷和人

588
世界史のミカタ
「国家の枠を超えて世界を見る力が身につく」佐藤優氏推奨
井上章一
小説家
佐藤賢一

578
世界から戦争がなくならない本当の理由
戦後74年、なぜ「過ち」を繰り返すのか。池上流「戦争論」の決定版！
ジャーナリスト
名城大学教授
池上　彰

570
資本主義と民主主義の終焉
平成の政治と経済を読み解く
歴史的に未知の領域に入ろうとしている現在の日本。両名の主張に刮目《かつもく》せよ
法政大学教授
水野和夫
法政大学教授
山口二郎

〈祥伝社新書〉
医学・健康の最新情報

314
「酵素」の謎 なぜ病気を防ぎ、寿命を延ばすのか
人間の寿命は、体内酵素の量で決まる。酵素栄養学の第一人者がやさしく説く
医師 鶴見隆史

348
臓器の時間 進み方が寿命を決める
臓器は考える、記憶する、つながる……最先端医学はここまで進んでいる！
慶應義塾大学医学部教授 伊藤 裕

572
「超・長寿」の秘密 110歳まで生きるには何が必要か
長寿のカギは遺伝子にある。「遺伝子が使われる」生活とは？
伊藤 裕

438
腸を鍛える 腸内細菌と腸内フローラ
腸内細菌と腸内フローラが人体に及ぼすしくみを解説、その実践法を紹介する
東京大学名誉教授 光岡知足

319
本当は怖い「糖質制限」
糖尿病治療の権威が警告！ それでも、あなたは実行しますか？
医師 岡本 卓

〈祥伝社新書〉
医学・健康の最新情報

190
発達障害に気づかない大人たち
ADHD、アスペルガー症候群、学習障害……全部まとめて、この1冊でわかる
福島学院大学教授
星野仁彦

356
睡眠と脳の科学
早朝に起きる時、一夜漬《いちやづ》けで勉強をする時……など、効果的な睡眠法を紹介する
杏林大学名誉教授
古賀良彦

404
科学的根拠にもとづく最新がん予防法
氾濫《はんらん》する情報に振り回されないでください。正しい予防法を伝授！
国立がん研究センター
がん予防・検診研究センター長
津金昌一郎

458
医者が自分の家族だけにすすめること
自分や家族が病気にかかった時に選ぶ治療法とは？　本音で書いた50項目
医師
北條元治

597
120歳まで生きたいので、最先端医療を取材してみた
ミニ臓器、脳の再生、人工冬眠と寿命、最新がん治療……新技術があなたを救う
実業家
堀江貴文　著
予防医療普及協会　監修

〈祥伝社新書〉

ひとは
生きてきたようにしか死なない

草柳大蔵 著
下重暁子 解説

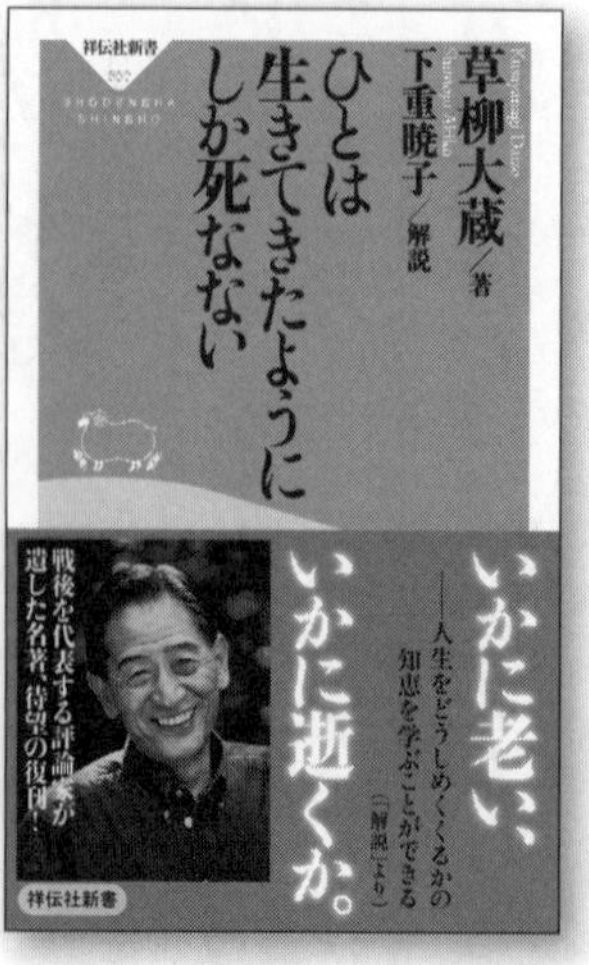

多くの評論・エッセイを世に送り出してきた草柳大蔵氏が、晩年に自らの老いと重ね合わせて綴った名著を、下重暁子氏の解説を加えて復刊。「人生百年時代を迎え、老後の生き方が焦点になる。今の時代を先取りしたかのような本書の中に、その答えがある」(解説より)